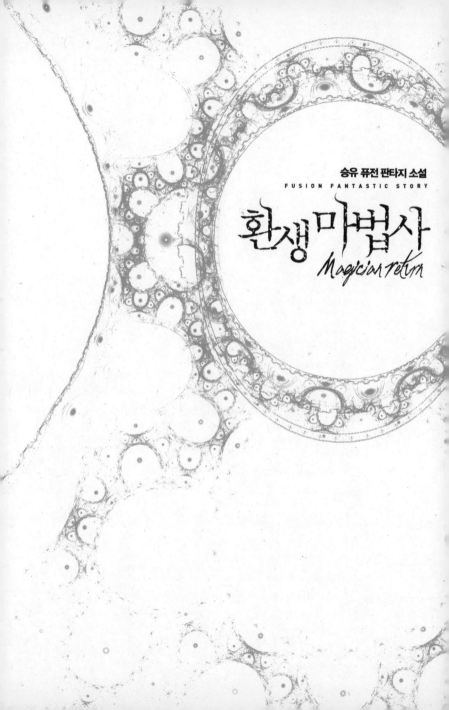

승유 퓨전 판타지 소설
FUSION FANTASTIC STORY

환생마법사
Magician return

환생 마법사 5

승유 퓨전 판타지 소설

초판 1쇄 찍은 날 § 2015년 9월 23일
초판 1쇄 펴낸 날 § 2015년 10월 2일

지은이 § 승유
펴낸이 § 서경석

편집책임 § 한준만

펴낸곳 § 도서출판 청어람
등록번호 § 제387-1999-000006호
등록일자 § 1999. 5. 31
어람번호 § 제1-2244호

주소 § 경기도 부천시 원미구 부일로 483번길 40 서경B/D 3F (우) 420-822
전화 § 032-656-4452 팩스 § 032-656-4453
http://www.chungeoram.com
E-mail § chungeorambook@daum.net

© 승유, 2015

ISBN 979-11-04-90437-0 04810
ISBN 979-11-04-90104-1 (세트)

승유 퓨전 판타지 소설
FUSION FANTASTIC STORY

환생 마법사
Magician return

5

도서출판
청람

환생 마법사

Magician return

CONTENTS

1장

꼬여 버린 실타래

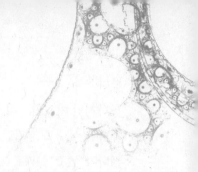

　마도국 자르가드가 절대 '자의'로 제국 동부를 공격한 것이 아니라고 생각한 이유는 간단했다.

　바로 시기였다.

　물론 자르가드는 오래전부터 꾸준히 군사 훈련을 해왔다. 그 군사 훈련으로 대비하는 대상이 스페디스 제국인지, 신성제국 연합 전체인지, 아니면 자기 자신들을 지키기 위함인지까지는 알지 못한다.

　다만 군사 훈련을 항상 진행해 왔고, 강력한 군의 힘을 바탕으로 내치에 힘을 실어 제국민들의 마음을 결집시켜

왔다.

하지만 자르가드의 군사력은 스페디스 제국과 같은 거대 제국을 상대로 장기전을 벌일 수 있을 만큼 많지는 않았다. 게다가 알펜 산맥은 험하고 높기로 소문난 산맥이었고 이 산맥을 통한 보급로를 확보하려면 그야말로 생고생을 해야 했다.

즉, 기습 공격이나 국경 지대 약탈 정도로의 소규모 군대가 움직일 정도라면 모르겠지만, 지금과 같이 대규모 군대가 움직이는 전면전 형태는 본인들 입장에서도 심사숙고를 해야 할 문제인 것이다.

거기다가 문제는 하나 더 있었다.

자르가드는 스페디스 제국 외에도 모르고스 산맥 쪽과도 연결되어 있어 경우에 따라서는 블랙 오크들이 마음만 먹으면 자르가드를 공격하는 것도 가능했다.

즉, 회군이 힘든 알펜 산맥을 넘어 대규모의 전력이 이동한다는 것은 자르가드에 그만큼 군사적 공백이 생김을 뜻한다.

무주공산이 되는 것이다.

이런 상황에서 블랙 오크들이 인간을 공격할 것을 미리 알고 블랙 오크에게 공격을 받지 않도록 일종의 밀약(密約)을 맺고 움직였다면 사전에 어떤 형태로든 교감이 있었다고 생각할 수밖에 없는 것이다.

기억하는 역사의 흐름이 비틀리고 있었다.

내가 살아온 수많은 삶 속에서 자르가드는 지금처럼 전쟁 초기부터 변수를 만들어냈던 곳이 아니었다. 물론 항상 신경 쓰고 고려하는 대상이긴 했지만, 그들이 어떤 결정적인 변화를 준 적은 단 한 번도 없었다.

역사의 비틀림을 느낀 것이 이번이 처음은 아니었다. 예상하지 못했던 것은 아니다.

단, 내 머릿속을 뒤흔드는 거대한 변수가 발생했기 때문에 골치가 아파지는 것이다.

모든 것이 생각대로 이루어질 것이라 믿었다면, 여기서 무너지고 말았을 터다.

가장 첫 번째 변수는 크리스티나였다.

여기서 내 과거의 삶에 전혀 없었던 변수가 생겨났다. 하지만 그때만 해도 세상의 흐름은 내가 알고 있는 것과 거의 일치하게 흘러갔다. 크리스티나만이 툭 튀어나온 한 개의 변수였을 뿐이다.

그 이후, 생각한 대로 일은 벌어졌지만 시기가 앞당겨졌다. 몇 년 후에 벌어질 일이 몇 주, 혹은 몇 개월 후에 벌어졌고 그러면서 내가 경험했던 모든 일들이 빠르게 일어났다.

이 시간대라면 과거의 나는 마법 수련에 매진 중인 한 명의 용병 마법사 중 한 명일 뿐이었지만, 지금의 나는 어느새 9클래스를 달성한 대마법사가 되어 있었다.

마지막 삶, 100번째 삶이 무난하게 흘러가기를 바랐다면… 그것은 내 욕심일 것이다.

확실히 모든 것이 녹록치 않다.

자르가드가 개입했다면 제국 동부가 무너지는 것은 순식간이다.

블랙 오크들을 막기 위해서 남쪽으로 대규모 전력이 이동해 있는 지금, 동부는 거의 무주공산이나 다름없다.

물론 만약을 대비해 주둔 중인 정규군이 있기는 하지만, 작정하고 알펜 산맥을 넘은 마도국의 군대라면 그 정규군으로는 어림도 없는 이야기다.

협공(挾攻). 이대로라면 스페디스 제국이 위험했다.

그 어느 누구도 자르가드의 침공을 예상하지 못했고 그것은 나 역시 마찬가지였다. 모르고스 산맥에 집중된 병력 편성으로 야기된 제국의 전력 불균형은 지금으로서는 가장 취약점이었다.

"이건 전략적인 후퇴가 필요합니다. 눈앞의 적이 중요한 상황이 아닙니다."

나는 확신에 찬 목소리로 테노스에게 말했다.

아군의 전선은 종으로 길게 늘어져 있고 적들은 그 선의 끝과, 가장 약한 옆을 노리기 좋게 남과 동으로 만들어져 있다.

허리가 무너지면 끝이다. 병력을 결집시킬 필요가 있었다.

"모두 후퇴한다. 보가트시까지 모든 전력을 후퇴시킨다. 전원 후퇴한다."

통신석을 통해서도 명령이 전달됐다.

아무리 중앙정부가 부정부패에 찌든 관료들로 가득하다 할지라도, 그들 역시 수많은 사건과 세월을 헤쳐 나온 관록 있는 자들이었다.

기본적인 전술적 판세를 읽지 못할 정도로 무능하지는 않았다.

즉각적인 명령이 떨어졌고 스페디스 제국군의 후퇴가 시작됐다.

그러자 기다렸다는 듯이 블랙 오크들의 추격이 이어지기 시작했다.

후퇴하는 자, 그리고 뒤를 쫓는 자들로 재편된 추격전의 시작이었다.

*   *   *

"솔직히 게릴라전으로 싸운다고 하면 굳이 후퇴할 필요도 없어. 전쟁은 점과 점, 선과 선이 아닌 덩어리와 덩어리의 만남이니 어쩔 수 없겠지만."

꾸엑!

에일리의 매서운 화살 공격에 블랙 오크 하나가 화살에 뻥 뚫린 목을 움켜쥐며 뒤로 나자빠졌다.

말이 추격전이지 추격하는 놈들이 죽어 나자빠지는 기이한 전투였다.

전장 전체의 그림만 놓고 보면 당연히 스페디스 제국군이 쫓기고 있는 그림이었다.

하지만 그중의 단면, 테노스 용병단과 카트리나 용병단을 보면 상황이 좀 달랐다.

퇴각하는 과정에서 좁아지는 길목이나 매복하기 좋은 포인트를 찾은 경우에는 아예 자리를 잡고 기다리고 있다가 추격해 오는 블랙 오크들을 제거했다.

악전고투, 혈투, 이런 단어는 어울리지도 않았다.

일방적 도륙에 가까웠다.

이미 자리를 잡고 숨통을 끊을 기회를 노리고 있는 용병단원들 앞에서 블랙 오크들은 그저 잘 차려진 밥상에 불과했다.

어떻게 떠먹을까만 고민하면 되는 것이다.

우스꽝스러운 상황이 계속해서 연출됐다.

추격의 기세에 취해 앞을 다투어 우리의 뒤를 쫓던 블랙 오크들은 우리가 파놓은 묏자리 위에서 쏟아지는 화살과 마법 공격, 그리고 길목을 틀어막고 선 검사들의 집중 공격을 받고는 그 자리에서 숨이 끊어졌다.

쫓기는 자들보다 쫓는 자들이 심각하게 불리하고 피해가 불어나고 있는 이 상황.

하지만 이것은 우리의 작은 승리였을 뿐, 다른 곳에서는 도망치는 정규군들이 매섭게 뒤를 쫓는 블랙 오크들에게 살육당하고 있었다.

내 노력으로 이 전투에서 빠지도록 만든 엘프의 빈자리를 마치 준비라도 했던 것처럼 자르가드군이 채워 버렸다.

나는 자연스럽게 '그'를 떠올릴 수밖에 없었다.

100번째 삶은 쉽지 않을 것이라며 호언장담하던 '그'.

그저 나에게 주어진 좋은 핑계 거리일 뿐일까? 나는 자꾸 생각나는 그를 지워낼 수가 없었다.

하지만 설령 이것이 '그'의 뜻대로 설계된 것이라고 해도, 나는 극복하고 이겨내야만 한다.

그 생각으로 정말 지옥과도 같았던 99번의 삶을 반복했던 것이 아닌가?

부딪혀야만 한다.

*　　　　*　　　　*

어느 정도 추격을 계속하던 블랙 오크들은 계속된 용병들의 저항과 전열을 빠르게 정비하고 체계적으로 후퇴하기 시작한 정규군의 움직임을 파악하고는 추격을 중단했다.

블랙 오크들은 그 종족 특유의 호전성이 있기는 했지만, 더 이상 과거의 오크들처럼 앞뒤 안 가리고 달려드는 멍청한 존재는 아니었다.

하지만 그렇다고 해서 블랙 오크들이 진군을 중단한 것은 아니었다. 추격만 하지 않았을 뿐, 전열을 재정비한 블랙 오크들은 북진을 시작했다.

한편 나는 시시각각으로 통신석을 통해 테노스와 우리에게 전달되는 전황의 상황을 듣고는 생각을 다른 쪽으로 돌리기 시작했다.

제국 남부는 방어선으로 삼을 만한 도시들이 많았는데, 특히 첫 번째 후퇴 지점으로 전달된 보가트시는 군사 요새 도시로서 다수의 적을 소수의 군대로 막는 것이 수월한 천혜의 요새 도시였다.

게다가 제국 남부에서 중부 전체로 북진하기 위한 교두보로서 반드시 점령해야 하는 곳이기 때문에, 블랙 오크들은 반드시 보가트시를 공격해야만 했다.

물론 보가트시를 피해 우회하는 방법도 있기는 했다. 보가트시 양옆으로 위치한 두 개의 산길을 이용해 넘는 것인데, 이것은 거의 목숨을 내놓고 해야 하는 황천길이나 다름없었다.

깎아지른 절벽에 이동로라고는 오래전에 만들어 놓은 잔도(棧道)가 고작인 이곳은 잘 훈련된 정예 병력도 이동하길 꺼려하는 곳이었다.

정말 발 한 번만 잘못 디뎌도 천 길 낭떠러지로 떨어지는 곳이었다.

그래서 99% 이상의 확률로 블랙 오크는 보가트시 공격에 모든 전력을 기울일 가능성이 컸다.

오랜 기간 전쟁을 준비해 온 만큼, 시일을 두고 도착할 공성 병기들이 오는 대로 대대적인 공격이 시작될 것이다.

이것은 예측 가능한 전쟁의 흐름이었고 막고 싶다고 해서 막아지는 것도 아니며, 반대로 다른 변수를 생각해도 꼭 벌어질 수밖에 없는 전쟁이었다.

하지만 자르가드군은 달랐다.

오랜 기간 자르가드와는 전쟁이 없었고 암묵적인 평화

분위기 속에서 기본적인 전쟁 준비만 유지해 왔다.

게다가 지리적인 구조상 반드시 어떤 지역을 돌파해야만 하는 남부와 달리, 동부는 평탄한 지대가 대부분이라 선택지가 많았다.

즉, 자르가드군이 입맛에 맞게 진군로를 선택할 수 있으며, 수성하는 스페디스 제국군 입장에서는 다양한 경우의 수를 고려해야 한다는 이야기였다.

그리고 그 다양한 선택지 중에는 내 고향인 키리아트 마을과 연결되는 경로도 있었다. 지금 로이니아가 머물고 있는 영지도 마찬가지다.

적군이 동부 안으로 깊숙이 들어오기 전에는 방어선을 구축할 만한 요새가 없었고 전략적으로 활용 가능한 지리적 이점도 없었다. 그것이 제국 동부의 가장 큰 취약점이기도 한 것이다.

그렇다면… 제국 동부가 더 큰 전화(戰火)에 휘말리기 전에 내 가족들과 주변 사람들, 그리고 로이니아를 안전한 곳으로 보낼 필요가 있다.

그래야 아무 걱정 없이 이 전쟁에 모든 것을 바칠 수 있는 것이다.

*　　　*　　　*

"말린다고 해도 듣지 않겠지?"

"오크들만 가지고는 저를 추격하기가 쉽지 않을 겁니다. 정찰병들도 꺼려하는 내부 정찰인데, 이 정도쯤은 제게 맡겨주셔도 됩니다."

"자신 있나?"

"자신 없으면 말씀도 드리지 않습니다."

정규군과 용병단은 날이 밝는 대로 보가트시로 향하는 대로로 집결하기로 하고는 고된 후퇴로 누적된 피로를 달래고 있었다.

아무 말 없이 전장을 이탈할 수도 있었지만, 나는 만약을 대비해 테노스에게 미리 허락을 받기로 했다.

그에게 말한 그대로 오크들의 진형을 한 번 정찰해 보고자 하는 의도도 있었고 그사이에 잠시 키리아트 마을에 들러 가족들을 만나고 로이니아까지 만날 생각이었다.

아론이 사람을 시켜 로이니아에게 전장의 소식을 전달하게 하긴 했지만, 그것으론 부족했다.

자르가드에는 일반 정규군 외에도 잘 훈련된 어쌔신과 같이 침투 작전에 특화된 정예 전력들도 많았다.

그들은 정규군의 이동과는 달리 더 빨리 움직여 적국 깊숙한 곳에 침투, 주요 요인들을 암살하고 후방을 교란시키는 데 능한 자들이었다.

즉, 우리가 인지하고 있는 속도 그 이상으로 제국 깊숙이 파고 들어왔을 수도 있다는 이야기다. 그렇기 때문에 나는 그 마수가 닿기 전에, 이 사실을 내 사람들에게 인지시켜 줄 필요가 있었다.

*　　　*　　　*

오크들의 주둔지에 대한 정찰은 신속하게 진행됐다.

그 과정에서 작은 성과도 있었다.

몇 가지 명령들을 가지고 각지로 떠나던 오크 전령들을 은밀히 제거한 뒤, 흔적조차 남지 않게 제거한 것이다. 전령들이 전달하는 명령의 내용은 병력 합류와 이동, 공성 병기의 빠른 합류에 대한 재촉이었는데 이 정도면 하루 정도의 시일을 더 늦출 수 있을 것이다.

별것 아닌 성과처럼 보일 수도 있지만, 수성을 해야 하는 스페디스 제국 입장에서는 하루의 시간은 그만큼 더 방비를 단단히 할 수 있는 시간이었다.

오크들은 서두르지 않고 점령 지대에 진지를 구축해 나가는 모습이었다.

블랙 오크들의 손아귀에 떨어진 도시의 곳곳에는 블랙

오크들이 우글거렸다.

사람들은 모두 제국군을 따라 다른 도시로 피난을 간 덕분에 남아 있는 사람은 거의 없었고 때문에 사람 냄새가 가득했던 집에는 온통 오크들이 가득했다.

그들은 집과 건물들 주변에 다양한 시설들을 설치하고 유사시에 방어 용도로 활용하기 좋도록 도시를 만들어 나갔다.

이것은 장기전을 염두에 둔 블랙 오크, 즉 오크 로드 게우게스의 포석이 틀림없었는데 훗날 이곳을 탈환해야만 하는 스페디스 제국 입장에서는 반가운 소식은 아니었다.

인간들을 공격하고 물자를 약탈하고 사람을 잡아가는 것이 목적이었다면, 오크들이 이렇게 신중하게 진공(進攻)할 필요는 없을 것이다.

오히려 속전속결로 승부를 보고 필요한 요소만을 획득한 뒤 빠져나가면 되는 것이다.

하지만 지금의 블랙 오크들은 완벽하게 장기전을 염두에 둔 안배를 하고 있었고 이것은 블랙 오크 뒤에 블랙 드래곤이 배후로 있을 것이라는 내 경험을 실증하는 것이기도 했다.

즉, 블랙 오크들이 자신의 종족만을 위해서, 기본적인 만족만을 위해서 이번 전쟁을 일으킨 것이 아님을 보여주고 있는 것이다.

나는 좀 더 오크들의 진영 깊숙하게 파고들어 살폈다.

인비저블로 흔적과 모습을 숨기는 것이 가능했기 때문이다.

핵심 전력이라고 할 수 있는 게우게스와 그의 호위 전사들, 그리고 오크 메이지들은 아직 보이지 않았다.

마음 같아서는 오크들의 주둔지를 남김없이 타격하고 싶었지만, 그렇게 되면 내 정체가 일찍 드러나게 되고 만다.

그렇게 되면 블랙 드래곤의 개입이 예상보다 빨라지게 되고 그때는 대비에 관계없이 엄청나게 많은 수의 사람들이 피해를 입게 된다.

드래곤의 합류는 늦을수록 좋았다.

가장 이상적인 그림은 블랙 오크의 개체수가 인간들과의 전투에서 자연스럽게 감소하는 일이었다.

이 과정에서 평범하지 않은 내 능력이 개입되는 순간, 블랙 드래곤은 전황이 생각보다 다르게 흘러감을 감지하고 개입의 속도를 높일 것이다.

다른 의미로 비정하게 보일지라도, 미래를 생각하면 지금처럼 오크-인간의 대립 구도로 전쟁이 지속되는 것이

나왔다.

이 생각은 블랙 드래곤도 비슷할 것이다. 물론 아직 나의 존재에 대한 인식을 하지 못했기 때문이겠지만.

오크의 진영을 둘러보며 필요한 정보들을 수집한 나는 바로 그 자리에서 로이니아가 머물고 있는 디바인 영지로 텔레포트를 통해 이동할 준비를 했다.

원래 로이니아가 머물던 영지는 아버지 소렌 남작이 재혼을 하고 거처를 바꾸게 되면서 바뀌었다. 그곳이 바로 디바인 영지였다.

여기서 한 번 더 소렌 남작에게 실망을 하게 된 것은… 바로 딸인 로이니아를 자신이 재혼한 아내와의 집에서 살지 않게 했다는 점이었다.

전처의 자식이라는 부끄러움 때문일까?

혹은 이용 가치가 없는 자식에 대한 냉정한 포기일까?

소렌 남작은 재혼과 동시에 로이니아가 별도의 거처와 시녀와 시종들을 붙여주고는 독립해서 살게 했다.

그녀가 살기에는 부족할 것이 없는 집과 사람들이었지만, 가족이라는 울타리에서 떨어져 나와 혼자 살게 된 그녀의 모습을 보고 세간 사람들은 소렌 남작을 욕하곤 했다.

물론 로이니아는 좋아했다.

소렌 남작이라는 '아버지'의 존재에 대해 끊을 수 없는 혈연의 고리를 느끼고는 있어도, 현실적으로는 마주보고 살고 싶지 않았던 그녀였다.

그래서 흔쾌히 소렌 남작의 말을 받아들였고 디바인 영지에 살면서 이따금씩 우리 용병단을 찾아와 오빠인 아론을 만나고 나와 사랑을 키워왔던 것이다.

"이틀."

내가 계산한 여유 시간은 이틀이었다.

이틀 후면 안전하게 보가트시까지 제국군이 후퇴할 것이고 그 시점에서 공성 병기가 도착한 오크들의 공세가 시작될 것이다.

그때까지 복귀한다면 큰 문제가 되지 않을 것 같아 보였다.

오크들의 거점에 대한 조사는 전부 끝난 상태였다.

인비저블과 텔레포트 덕분에 단순히 모르고스 산맥과 그 근처가 아닌, 산맥 내부까지 모두 정탐이 끝난 상황이기에 이틀의 시간이 걸렸다고 해도 이상하게 생각지는 않을 것이다.

나는 그렇게 생각을 정리하고는 디바인 영지로 떠나기 위한 텔레포트 마법진 활성화에 집중했다.

그리고 한줄기 빛과 함께 나는 모르고스 산맥 한가운데에서 멀리 떨어진 디바인 영지까지 단숨에 이동할 수 있었다. 눈 깜짝할 사이에 벌어진 일이었다.

*　　　*　　　*

"역시."

디바인 영지에 도착한 나는 평범한 다른 날과 별다를 바 없이 조용한 영지의 광경을 보고는 고개를 끄덕였다.

현대와 달리, 이 시대는 정보의 전달 속도가 느리다.

현대시대라면 전쟁이 일어나는 순간 지구 반대편에 있는 사람에게도 소식이 전달될 것이다.

정보화 시대가 된 현대는 숨길 수 있는 사실이라는 것이 거의 존재하지 않지만, 마법을 제외하면 중세시대와 비슷한 문명을 지닌 이 세계에선 정보 전달이 생각보다 느리다.

그나마 통신석이라는 고가의 장비를 이용해야만 신속히 정보를 전달할 수가 있는데, 그것도 통신석의 부족한 공급량을 생각하면 정말 위급한 정보가 아니면 전달할 수 없는 것과 같았다.

지금 디바인 영지의 모습이 딱 그러했다.

물론 당장 자르가드군이 모습을 드러낼 정도의 위치는 아니지만, 마음만 먹으면 내일이면 전장으로 바뀔 수도 있는 곳이다.

정규군까지는 아니더라도, 어쎄신으로 편성된 암살대는 충분히 도착할 수 있는 시간이다.

중간중간 이동 경로에서 마주친 병사들에게서도 별다른 느낌은 받지 못했다. 늘 그랬듯, 평범한 일상을 보내고 있는 느낌이었다.

아직은 한밤중이었다.

내가 블랙 오크의 진영을 탐색하기 시작한 것이 초저녁이 조금 안 되어서였고 시간이 흐르면서 어느새 밤이 됐다. 유독 평소보다도 구름이 많은 날이었기 때문에 달빛이 밝을 법한 날임에도 주변이 온통 어두웠다.

로이니아에게는 깜짝 방문이 될 것이다.

남쪽의 전장으로 테노스 용병단과 카트리나 용병단을 포함한 다수의 용병단이 파견된 사실을 알고 있었기 때문에, 당연히 그 즈음에 나도 있을 것이라 생각할 터.

그녀를 만나면 적당한 거짓말을 둘러대고 잠깐 시간을 같이 보낼 생각이었다.

"역시."

모두가 잠들 시간이었기 때문인지 불이 켜진 저택은 하

나도 없었다.

대부분 저택 외곽을 경비하는 경비병 때문에 입구에는 횃불이 밝혀져 있었지만, 저택 안쪽은 온통 암흑이었다. 그저 경비병들이 정해진 경로를 따라 계속해서 왕복을 반복하며 외부인의 침입에 대비하고 있을 뿐이다.

로이니아의 저택도 비슷했다.

다만 소렌 남작이 경비병까지는 신경 써주지 않았는지, 입구를 지키고 있는 노병 둘이 전부였다.

아마 싼 값에 주고 고용한 경비병일 텐데, 이런 경비병으로는 웬만한 장정 하나도 막지 못할 것 같았다.

"무료한 일상에 포인트 하나 정도는 나쁘지 않겠지."

나는 입가에 미소를 머금었다.

웬만해서는 감정의 동요를 크게 느끼지 않는 나지만, 로이니아를 생각할 때면 새록새록 피어나는 새로운 감정들을 느끼곤 한다.

그녀는 내게는 조금 특별한 인연이고 그간 반복되지 않은 새로운 감정의 대상이었다.

"음."

짧은 숨소리와 함께 나는 단번에 모든 정신을 집중했다.

그리고 이동.

단거리 텔레포트는 거의 즉발에 가깝게 사용했고 나는 이미 알고 있던 로이니아의 방에 어렵지 않게 도착할 수 있었다. 아주 약간의 기척도 없는 조용한 이동이었다.

팟. 파팟. 팟.

그녀의 방에 도착한 나는 준비했던 라이트 마법을 이용해 방 여기저기에 분홍빛의 작은 불씨를 만들어냈다. 마치 반딧불이가 천천히 날아다니며, 불빛을 뿜어내는 듯한 아름다운 조명이었다.

라이트 마법은 전략적으로도 많은 쓸모를 가진 마법이지만, 남녀 관계에 있어서 남자를 매력적이고 로맨틱하게 만들어줄 수 있는 좋은 연애용 마법이기도 했다.

휘유우우우—

그녀는 새근새근 잠이 들어 있었다.

이불을 어깨까지 끌어올려 덮은 채로, 마치 곤한 잠에 빠진 귀여운 아기처럼 입술을 삐쭉 내밀고는 잠이 들어 있었다.

그 여느 때보다도 평화로워 보이는 로이니아의 얼굴이지만, 한편으로는 그녀의 얼굴 속에 숨어 있는 외로움도 느껴졌다.

아버지에게서는 벗어난 삶이라 할지라도, 주변의 친구들이나 가족들, 혹은 연인도 없이 대부분의 시간을 혼자 보내야 하는 것은 외로운 일일 것이다.

시종이나 시녀들이 말상대가 되어주기에는 사는 세상이 다르고 이해할 수 있는 범위도 좁다.

나는 귀엽게 내민 그녀의 입술을 한참 내려다보다가 조심스럽게 그녀에게로 다가갔다.

아무 생각 없이 입맞춤을 해주고 싶었다.

연민이나 동정? 어쩌면 조금은 그런 감정도 담겨 있는지도 모른다. 99번의 삶을 반복하며 산전수전 다 겪은 내게 그녀와 같은 삶은 별거 아니게 느껴지지만, 그녀에게는 지금의 삶도 고달프고 외로운 삶의 연속일 터.

쪽.

그녀의 부드러운 입술에 내 입술이 닿았다.

그 살결의 끝에서 그녀 특유의 향기가 느껴진다. 그녀의 몸에서 나는 향긋한 체취는 향수 같은 것으로 나는 향기가 아니었다.

그녀에게서만 내가 느낄 수 있는 향기, 사랑의 향기 같은 그런 것이었다.

"음……."

짧은 입맞춤에 그녀가 몸을 들썩였다.

그 순간, 무언가를 인지한 듯 앞으로 손을 뻗었다. 눈은 그대로 감은 채로.

꿈을 꾸고 있다고 생각하는 걸까?

손을 뻗어 자연스럽게 내 손을 잡은 로이니아는 한참을 입가에 미소를 머금은 채, 손가락을 움직여 내 손을 만지작거렸다. 그때마다 그녀의 얼굴에 환한 기색이 물씬 돈다.

방금 전 나누었던 입맞춤과 손길의 느낌이 꿈속에서 그녀를 기분 좋게 만들어주고 있는 것 같다. 나는 그녀를 굳이 깨우지 않고 조용히 사랑스런 눈빛으로 바라보았다.

한참을 그렇게 내 손을 만지던 그녀가 휴우~ 하는 한숨소리와 함께 몸을 뒤척였다.

꿈의 아쉬움을 달래듯, 한숨을 내쉬던 그녀가 갑자기 눈을 번쩍 뜬 것은 바로 그 직후였다.

"아……?"

사슴처럼 동그랗게 변한 로이니아의 눈이 깜짝 놀란 듯, 자신의 손으로 향했다.

그리고 바로 내게로 향한다.

분홍빛 반짝임이 그녀의 방을 가득 메우고 있고 그 가운데에 내가 있다.

"레논……."

그 순간, 믿을 수 없다는 듯이 그녀가 고개를 저으며 천천히 내게로 다가왔다.

그럴 수밖에 없을 것이다.

지금 여기에 있어선 안 될 사람이 자신의 눈앞에 떡 하니 나타나 있었으니까.

그것도 가장 사랑하는 연인이.

2장

안전한 곳으로

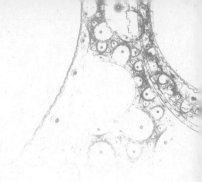

　"지금 내가 꿈을 꾸고 있는 건 아니지? 레논, 지금 여기에
있으면 안⋯⋯."

　나는 무어라 말을 이어가려는 그녀의 입술을 조용한 키
스로 덮어버렸다.

　닳고 닳은 감정이라 해도 사랑이라는 감정은 늘 다시 솟
아나게 마련이다.

　물론 아주 두근거리는 설렘이나 긴장은 없지만, 그래도
사랑이 가져다주는 즐거운 감정은 존재한다.

　나는 한참을 그렇게 그녀와 교감을 나누고 나서야, 서서히 그녀에게서 입술을 뗐다.

"레논."

"로이니아, 떠나야 해. 가급적 여기서 먼 곳으로. 서쪽으로 가야 해, 로이니아."

"…많이 상황이 안 좋은 거야?"

나는 그녀의 말에 대답 대신 고개를 끄덕였다.

그녀는 눈치가 빨랐다.

전장의 돌아가는 소식이야 오빠인 아론이 하루가 멀다 하고 보내는 소식통을 통해 듣고 있었을 것이지만, 오랜 기간의 평화로 막연하게 '괜찮겠지' 하며 크게 걱정하지 않고 있는 사람들과 그녀는 달랐다.

"그것보다 레논, 이렇게 자리를 비우고 와도 괜찮은 거야?"

그녀는 걱정하는 눈치였다.

매우 당연한 걱정이다.

전장에 있어야 할 용병단의 마법사가 자리를 이탈해 여기에 있으니까.

이 사실이 알려진다면 용병단 차원에서의 징계는 피할 수도 없다. 물론 군법 회의에는 회부되지 않는다. 제국 내에서의 용병단은 군과는 별도로 움직이는 별개의 군사 조직이었기 때문이다.

물론 전진, 후퇴, 대기 명령과 같은 전장 전체를 아우르는 명령은 수행하지만, 소규모 전투는 용병단의 재량인 것이다. 그래서 보가트시로 퇴각하는 와중에도 뒤를 쫓든 오크들 다수를 격파할 수 있었다.

　"긴 시간을 있지는 않을 거야. 며칠, 아니 빠르면 오늘도 이곳에 자르가드의 어쌔신들이 잠입할 수 있어. 디바인 영지가 전장으로 바뀌는 것도 한순간이 되겠지."

　"어디로… 어디로 가야 할까?"

　그녀의 말에 나는 스페디스 제국 서쪽에 위치한 셀란시를 떠올렸다.

　제국의 서해에 위치한 해안 도시로 오래전부터 관광 산업이 발달하고 도시 전체가 풍요로워 살기에 부족함이 없는 도시였다.

　도시를 지키는 수군도 잘 양성되어 있어, 해적들의 손길도 셀란시에는 뻗치지 못했다.

　애초에 해안가 자체가 요새화되어 있기 때문에, 외적의 침입도 용이하지 못했다.

　그곳이면 정말 제국 중심부까지 전화에 휩싸이더라도 그 불길에서 가장 안전한 곳이 될 터.

　나는 그곳으로 로이니아는 물론이고 가족들과 지인들 모두를 보낼 생각이었다.

비용은 충분히 있었다.

키리아트 마을에 있는 내 집의 비밀 공간에도 카터로부터 예전에 분배 받았던 상당량의 금화들이 있었고 각 은행에도 예치해 놓은 돈들이 있었다.

이 정도면 셀란시에서 1년, 아니 5년 이상은 돈 걱정 전혀 하지 않고 좋은 저택을 골라 그 안에서 편히 보낼 수 있을 것이다.

현지 관리들의 세심한 '관리'도 받으면서.

"셀란시로 가면 안전해. 셀란시로 가. 마차나 도보로 가지 말고 상용 텔레포트 마법진을 이용해서 셀란시 동쪽 20km 지점에 있는 포인트까지 이동할 수 있어. 그다음 거기서 마차를 타고 셀란시의 중앙은행에서 로이니아의 이름으로 된 쪽지를 하나 찾도록 해. 거기에 로이니아가 머물 거처가 적혀 있을 거야."

마법을 잘 모르는 그녀는 이런 앞뒤 상황이 어떻게 펼쳐질지 알지 못한다.

방법은 간단하다.

그녀에게 이동하도록 해두고 나는 텔레포트를 이용해 더 먼 거리를 단숨에 이동하는 것이다. 하이 클래스가 가진 마법의 힘이란, 이래서 무서운 것이다.

"예전부터 준비해 둔 거야?"

"세상일은 어떻게 돌아갈지 알 수 없으니까. 로이니아, 시간을 지체할수록 위험과 마주할 가능성도 높아져. 지금 출발하는 게 좋아. 어서."

나는 로이니아를 살짝 서두르게 했다.

그녀가 복잡하게 주변 상황을 생각하지 않게 하기 위해 서다.

"하지만 아버지가……."

"걱정할 것 없어. 지금쯤이면 동쪽 전선의 전황이 시시각 각으로 전해지고 있을 테니까. 전쟁이 났을 때, 평민들이 피난을 가지 못해 곤욕을 치르는 적은 있어도 귀족이 그럴 일은 없어. 하물며 어머님의 가문을 보면……."

내가 끝까지 말을 잇지도 않았지만, 로이니아는 이해한 듯 고개를 끄덕였다.

그리고 내 말 역시 사실이었다. 지금까지의 수많은 역사 속에서 전쟁의 가장 큰 피해는 평민들과 노예들의 전유물 이었다.

귀족에게는 그들에게 전달되지 않은 고급 정보들이 더 빨리, 더 신속하게 전달된다.

귀족들이 가지고 있는 그들만의 정보 공유 네트워크는 상상을 초월한다.

소렌 남작이라고 해서 예외일 리 없었다.

오히려 나는 지금 로이니아의 상황을 보고 한 번 더 확신할 수 있었다.

소렌 남작에게 아들 아론과 딸 로이니아는 정말 이용하기 위한 수단이었을 뿐이라고.

최소한 지금 소렌 남작은 적어도 동쪽 전선의 전황이 좋지 않게 흘러가고 있고 전장에서 싸울 것이 아닌 이상 피해야 함을 잘 알고 있을 터.

하지만 딸인 로이니아에게 일언반구조차 없었다는 것은 자기 자신의 안위만 생각하거나, 혈연(血緣)이라는 굵은 연결고리와는 달리 애정이 사라진 부녀지간이라는 점을 짐작케 했다.

"레논."

"응."

"잠시만… 잠시만 꼭 안아줘. 꼭……."

나를 바라보는 로이니아의 눈빛에서는 애정과 외로움이 동시에 묻어났다.

그녀는 나와의 재회를 기뻐하면서도, 바로 이별해야 한다는 사실에 아쉬워하는 것 같았다.

나는 로이니아를 꼭 끌어안아 주었다.

내 품에 쏙 안겨, 그 어떤 생각도 들지 않도록 따뜻하게 그녀를 안았다.

로이니아는 내 품에 안긴 채, 한참을 말없이 등을 어루만
졌다.

그녀의 외로움을 나는 이해할 수 있다.

"하아, 그럼 바로 출발할 준비를… 레논, 언제 다시 볼 수
있을까?"

"잠잠해지면, 셀란으로 갈게. 그때까지 아무 생각도 하지
말고 푹 쉬고 있어. 곧, 갈게."

나는 다시 한 번 로이니아를 끌어안았다.

셀란은 돈만 있다면 사람이 살기에는 더할 나위 없이 좋
은 도시다.

그녀에게 충분한 마음의 휴식이 될 수 있을 것이고 전화
(戰火)에서도 안전할 터다.

여유로운 시간이었다면 더 많은 사랑 표현을 그녀와 나
누었겠지만 지금은 서두를 필요가 있었다.

나는 로이니아를 뒤로한 채, 이번에는 키리아트 마을로
향했다.

*　　　*　　　*

준비는 빠르게 이루어졌다.

어머니와 레니는 내 이야기를 듣고는 이미 예상하고 있

었다는 듯, 고개를 끄덕였다.

이미 카터가 발빠른 소식통을 통해 전쟁에 대한 이야기를 속속 전해 듣고 있었고 아직 아무 준비도 안 되어 있을 것이라 생각했던 내 예상과 달리 키리아트의 마을 주민들은 피난을 갈 준비를 하고 있었다.

그 중심에는 카터가 있었다.

토키 백작을 위시한 영지군은 전쟁을 부지런히 준비하고 있었고 영지민들은 만약을 대비한 모든 준비를 갖추고 있는 중이었다.

나는 은밀히 카터를 만나 대화를 나누었다.

모두가 내가 전장에 있을 것이라 생각했기 때문에, 이곳으로 찾아온 사실은 비밀로 하도록 했다. 그리고 한편으로는 내가 로이니아에게 권했던 것처럼, 셀란시로의 대피를 권유했다.

자금은 충분했다.

돈이 있으니 안전하고 편한 거처를 구하는 것은 일도 아니었다.

카터는 나의 생각에 동의했고 자신과 어린 시절부터 함께해 온 마을 사람들을 신속히 안전한 곳으로 대피시키기로 했다.

추진력이 좋고 결단이 빠른 카터이니 그 뒤는 문제가 없을 터.

준비는 빠르게 진행됐다.

"레논… 괜찮겠니?"

"오빠, 오빠도 같이 가면 안 돼?"

"레니, 어린 애 같은 소리는… 어머니, 괜찮아요. 제 걱정은 안 하셔도 됩니다. 셸란에서 편히 쉬고 계세요. 바람이 잠잠해지면 그때 찾아갈 겁니다."

나는 준비를 마치고 떠날 준비를 하는 어머니와 레니의 손을 맞잡고는 짤막하게나마 대화를 나누었다.

나를 걱정하는 어머니와 레니의 마음은 변함이 없었다. 여전히 어머니에게는 침대 위에서 병으로 골골거리며 지내던 그때의 내가 기억 속에 남아 있는 듯했다.

당연히 그 레논은 내가 아니다.

자기 신세 한탄만 하며 살아가던 레논은 안타깝고 안됐지만, 다른 누군가의 몸으로 갔거나 소멸되어 없어졌을 것이다.

어쨌든 내게 소중한 사람들의 안전을 두 눈으로 확인했고 더 안전한 곳에 있게 될 것이라 생각하니 마음이 놓였다.

감정에 초탈하다 할지라도, 내 가족이나 지인들의 생사에 무관심한 것은 아니었다.

매번 반복되었어도 소중한 인연이고 당연히 가벼이 여길 수 없는 것이기에.

＊　　　＊　　　＊

"이 서류와 금화는 로이니아 님에게… 그리고 이 붉은 표지로 마감 처리된 서류와 금화는 레니 님에게 인계하면 되겠습니까?"

"예, 그렇게 해주십시오."

얼마 후.

나는 셀란시에서 필요한 후속 절차들을 밟고 있었다.

충분한 양의 금화를 이용해 나는 셀란시에서도 전망이 좋은 곳에 위치한 저택을 구입했다.

물론 남들의 시선을 한 몸에 받을 정도로 화려하거나 큰 곳은 아니었지만, 바닷가 전체가 한눈에 보이는 곳으로 마음을 편히 하기에는 좋은 곳이었다.

카피 마법을 이용해 얼굴을 위장하여, 중앙은행의 직원이 내가 '레논'이라는 사실을 혹시라도 나중에 알 수 없도록 했다.

지나가던 행인의 얼굴을 교묘하게 흉내냈으니, 아마 그 사람인 것으로 착각할 터다.

셀란은 제국 중심부와도 멀리 떨어져 있었기 때문에 아직까지 이곳에는 전쟁의 소식은커녕, 그런 일이 벌어졌다는 사실조차 알려지지 않은 듯했다.

하지만 언젠가는 소식이 전해질 것이고 돈 많은 귀족들은 셀란으로 많이들 몰려오게 될 것이다. 그런 것까지 무어라 할 수도, 막을 수도 없다.

그저 세상의 냉정한 섭리처럼… 돈 없고 정보에 어두운 평범한 사람들은 남들보다는 좀 더 가혹한 운명을 맞이해야만 한다.

안타깝고 슬픈 일이지만, 그 모든 사람들에게 구원의 끈을 내려줄 수는 없는 법이다.

혹자는 이런 나를 냉정하다고 욕할지도 모르겠다.

하지만 내게는 그 이상으로 해야 할 숙명과도 같은 일이 있기에, 그에 집중해야만 한다.

*　　　*　　　*

나는 필요한 모든 준비들을 마친 뒤 다시 보가트시로 향할 준비를 했다.

시간은 오래 걸리지 않았고 오크들의 진영을 정탐하고 왔다고 하기에 부족할 것이 없는 시간이 흘렀다.

아마 지금쯤이면 보가트시로의 전략적 후퇴가 거의 끝났을 것이다. 복귀하기에는 최적의 시간이다.

이제 마음속 한편에 자리 잡고 있던 근심과 걱정도 모두 털어냈다.

냉정하게, 내 자신에게 집중하고 전념할 수 있다.

가족들과의 오붓한 시간, 사랑하는 연인과의 뜨거운 사랑은 잠시 미뤄두었다.

이 모든 것이 내가 생각하는 대로 흘러가고 만들어지기만 한다면, 언제든 다시 이어나갈 수 있는 추억이기도 하다.

준비는 끝났다.

이제는 뒤도 돌아보지 않고 오로지 앞을 바라본 채 전쟁에 전념하는 것. 그것이 내가 그려 나갈 시간표의 시작이었다.

"동쪽으로 간다."

"중앙군의 요청입니까?"

"보가트 수성보다 더 까다로운 상황이라고 생각한 거겠지."

"좋은 선택이군요."

내가 보가트시로 돌아왔을 때, 그사이 상황이 변해 있

었다.

보가트시는 오래전부터 꾸준히 방비를 강화해 온 군사 도시답게 견고함을 자랑하고 있었다.

요새화가 잘 이루어진 덕분에 상대의 공성 병기를 상대로 역으로 공격을 퍼부을 수 있는 장거리 공성 병기들이 성문 곳곳에 자리하고 있었다.

그 정도로 성채의 크기가 컸다.

나는 생각보다 빠른 중앙군의 선택에 놀랐다.

아마 여러 가지 이유가 있겠지만, 어느 정도 계산이 서는 보가트시 수성보다는 감이 오지 않는 자르가드군의 진공이 더 마음에 걸렸을 터.

아마 군부에서는 정규군 정예 전력보다 더 강력하고 개개인의 전투력이 훨씬 뛰어난 용병단에 지원을 요청하는 것이 낫다고 판단했을 것이다.

차라리 잘됐다고 생각했다.

아직 블랙 드래곤이 개입할 시점이 아니기 때문이다.

어차피 내게 있어서 물리적인 거리는 큰 문제가 되지 않는다. 원한다면 동쪽 전선에서 싸우다가도 이쪽으로 단숨에 이동할 수도 있었다.

나는 전쟁이 길어지면서 블랙 오크들의 집중력이 떨어질 그 시점을 기다리고 있었다.

내게는 게우게스가 가진 아이거의 조각이라는 중요한 목표가 있었고 그 조각을 얻기 위한 최적의 타이밍을 계산하고 있었기 때문이다.

게우게스는 블랙 오크의 로드지만, 동시에 블랙 드래곤의 충실한 노예이자 종이기도 했다.

이용 가치가 충분한 게우게스를 블랙 드래곤이 허술하게 관리할 리 없는 만큼, 최대한 침착하게 상황을 판단할 요량이었다.

기회는 한 번이면 된다.

그리고 확실한 기회 한 번만 오면.

나는 모든 전력을 다해 게우게스가 가진 아이거의 조각을 취하고 내 힘의 마지막 퍼즐을 맞출 것이다.

*   *   *

군용 텔레포트 마법진을 이용해 신속히 동쪽 전선으로 파견 된 우리 용병단은 바로 전장에 투입됐다.

동료들은 환호성을 내질렀다.

마음 놓고 뛰어놀 수 있는 전장이었기 때문이다.

전투를 주업으로 삼는 용병들에게 후퇴, 수성은 맞지 않는 단어였다. 기본적인 용병들의 호전성과 정면으로 배치

된다는 이야기다.

그래서인지 동쪽 전선으로의 파견을 내심 반기던 동료들은 전장에 도착하자 신이 난 어린아이처럼 전장을 휘젓기 시작했다.

내가 소속된 테노스 용병단과 카트리나 용병단에게 맡겨진 곳은 스페디스 제국 동부에 위치한 소도시 엘레나였다.

과거에 스페디스 제국을 위해 전장에서 직접 싸우다가 전사한 엘레나 공주를 추모하기 위해, 그녀의 이름을 따서 만들어진 이 도시는 빠르게 진공한 자르가드군 일부의 거점이 되어 있었다.

이미 동부의 도시 여러 군데에서는 무차별적인 암살과 테러가 자행되고 있었다.

제국의 시선이 남부에 팔린 사이, 개전에 앞서 일찌감치 잠입했던 자르가드의 어쌔신들에 의해 획책된 결과였다.

그래서 스페디스 제국군은 자르가드군이 그렇게 했듯이, 적의 중심부나 주요 거점에 잠입하여 그들의 주의를 분산시킬 수 있는 공격을 원했다.

이런 임무를 원활하게 수행함과 동시에 확실한 화력을 낼 수 있는 것은 용병단이었고, 테노스와 카트리나는 이를 수락했다. 물론 용병단원들의 손실을 고려해서 거절한 용병단들도 일부 있었다.

용병단은 스페디스 제국 소속이라는 울타리를 가지고 있는 것은 맞지만, 엄밀하게 말하자면 소속하여 '협조'하고 있을 뿐 독자적으로 움직이는 조직이나 다름없었다.

그래서 협조를 하지 않는다고 해서 이를 강제하거나, 군법 등으로 문제를 삼을 수는 없었다.

어쨌든 적진을 교란시키는 전투인 만큼, 수적 열세는 피할 수 없는 것이었다.

하지만 이는 역설적으로 자르가드군에게는 적, 그러니까 우리의 움직임을 쉬이 추적할 수 없게 하는 까다로운 부분이기도 했다.

"게릴라전을 위주로 하되, 마법사 전력은 피한다. 파악된 정보에 따르면 6클래스의 마법사인 그리즈만이 기사 매그론과 함께 각각의 부대를 지휘중이라고 하더군. 마법사에게 꼬리를 물리면 상황이 복잡해지니, 그리즈만은 주의해."

"알겠습니다."

테노스의 주의에 모두가 고개를 끄덕였다.

이유 불문 마법사는 전투에서 가장 까다로운 존재이고 6클래스라는 경지는 무시할 수 있는 수준이 아니었다.

'그리즈만이라…….'

어렴풋이 이름이 기억이 났다.

자르가드를 대표하는 마법사까지는 아니지만, 휘하에 정

예 병사들과 전투 마법사들을 꾸려 움직일 수 있는 지위의 마법사들 중 하나였다.

'상대로 나쁘진 않겠군.'

동료들이 각개로 펼칠 게릴라전에 대한 구상에 빠져 있는 동안, 나는 엘레나에 주둔 중인 자르가드 마법사 전력의 핵심이라고도 할 수 있는 그리즈만을 노릴 계획을 세웠다.

중세식의 전쟁이란 결국 지휘관의 역량과 생존 유무가 큰 비중을 차지하기 때문에, 그리즈만이 제거되면 엘레나 시 전체에 주둔 중인 자르가드군의 사기가 크게 떨어질 공산이 컸다.

후방이 불안해지면, 전방에 침투한 자르가드의 어쌔신들도 선택의 기로에 서게 될 것이다. 주어진 임무를 어떻게든 수행하다가 하나씩 발각되어 죽거나 전략적인 후퇴를 하거나…….

나는 그런 선택을 강제하게 만들 생각이었다.

"레논."

동료들에게 각각 당부와 계획을 알리고 난 테노스는 마지막으로 나를 불렀다.

테노스는 앞서 보가트시에서 있었던 오크 진영의 정탐 보고에서 생각 이상으로 정보를 다수 수집한 내 모습에 놀란 듯했다.

그의 말에 따르면 테노스를 통해 내가 수집한 오크 진영의 정탐 정보를 전해 들은 지휘관들이 꽤나 놀랐다고 했다. 직접 눈앞까지 가서 보고 들은 것처럼 생생하게 상황을 설명해 주었기 때문이다.

"레논, 네게는 항상 무엇을 맡기든 그 이상을 해내왔지. 이번에도 적 진영 곳곳을 휘저으며 전후좌우 할 것 없이 적들을 혼란스럽게 해. 마치 야습이라도 당한 듯이 말이야."

"알겠습니다."

"레논, 너는 우리 용병단의 보물이다. 무리는 하지 않도록 해."

"알겠습니다, 단장님."

테노스의 말에서는 나에 대한 신뢰와 애정이 묻어났다. 굳이 직접적으로 표현하지 않아도 말, 그리고 그의 표정 속에서 진심을 읽을 수 있다.

과거의 삶에서도 테노스는 항상 언제나 내 편이었고 나의 가장 중요한 조력자 중 한 명이었다.

그는 내가 숨겨진 베일을 벗고 강력한 마법사의 모습으로 다시 태어나도 놀랍거나 이상하게 여기기보단 당연한 일처럼 받아들이곤 했다.

이런 특별함을 마치 예상이라도 하고 있었다는 듯이.

언젠가 내가 가진 힘과 능력의 모든 것을 알게 되더라도,

그는 나를 시기하거나 혹은 두려워하거나 하지는 않을 것이다.

그만큼 나와 테노스 사이에 쌓인 신뢰는 깊었고 앞으로도 그럴 것이다.

*　　　*　　　*

달빛마저 사라진 밤.

쏴아아아아.

동쪽에서부터 밀려온 비구름이 순식간에 엘레나시에 폭우를 퍼붓기 시작했다.

소규모의 부대가 야습(夜襲)을 펼치기에는 더할 나위 없이 좋은 조건이었다.

카트리나 용병단의 용병들은 엘레나시 서쪽을 맡았고 우리 용병단은 동쪽을 맡았다.

그리고 다른 용병단들은 각자 엘레나시 외곽에 주둔 중인 자르가드군의 별동대와 대기 전력, 그리고 보급 거점 등을 노리게 됐다.

자르가드군은 전혀 눈치를 못 챈 모습이었다.

스페디스 제국군이 자르가드군의 본대에 집중하고 있는 것과 똑같이 그들 역시 스페디스 제국에서 동쪽으로 진군 중인 본대의 움직임에 주목하고 있었을 것이기 때문이다.

게다가 엘레나시는 전선으로 봐도 스페디스 제국군과 접한 최전선에서는 다소 떨어진 곳이라, 전혀 기습을 예상치 못한 듯했다.

"한 번 시원하게 휘저어 볼까."

나는 자르가드군의 진영이 훤히 내려다보이는 산 위에서 조용히 비를 맞으며 상황을 지켜보았다.

아주 작고도 어두운 점이지만, 신속하게 움직이며 이곳저곳으로 파고들고 있는 동료들의 모습이 보였다.

상대적으로 안전한 후방.

그리고 어두운 밤과 추적추적 내리는 비.

적들이 가장 느슨해지기에 좋은 날이었다.

이런 날에는 혹여 경계를 강화한다고 하더라도, 시계(視界)가 좁아 판단이 쉽지 못하다. 그래서 최적의 날이기도 했다.

마법사들의 기습 공격은 보통 적군이 아닌 적진을 상대로 펼쳐지는 경우가 많다.

마법은 짧은 시간에 다수의 시설을 타격하고 화재를 발생시켜 병사들을 혼란에 빠뜨리기에 적당하기 때문이다.

테노스가 내게 원했던 역할도 그것이었다.

마법사는 그런 혼란 유도에 가장 특화되어 있는 직업이었으니까.

하지만 나는 잠시 숨을 고른 채, 진영을 넓게 보고 있었다. 우중(雨中)이었지만, 집중력의 폭을 넓히니 미세하게나마 마나의 비틀림이 느껴지는 포인트가 있었다.

"저기로군."

이 정도의 거리까지 와서 느껴질 마나의 파장이라면 평범한 전투 마법사는 아닐 터.

나는 엘레나시 남동쪽에 위치한 다소 허름한 건물에 시선을 집중했다.

누가 봐도 민간인이나 일반 병사들이 머물 것 같은 공간으로 보였지만, 내 생각은 조금 달랐다.

저곳에 그리즈만이 있다.

나는 확신했다.

오히려 엘레나시 중앙에 보이는 사령부, 누가 봐도 환한 불빛과 다수의 주둔군으로 인해 거점으로 보이는 저곳이 위장이라고 생각했다.

자르가드는 오래전부터 기만과 교란에 능했던 전력이 있기에 더더욱 그런 확신이 들었다.

"제대로 된 실전은 지금부터인가?"

오크들과 싸웠던 지난 전투들은 연습에 불과했다.

오로지 육탄전, 접근전밖에 벌이지 못하는 오크 전사들은 사실 내가 아니어도, 마법사라면 상대하기 쉬운 적이었다.

하지만 이제는 좀 더 정교하게 생각하고 판단하는 실력 있는 마법사와 기사들을 상대하게 된다.

시간이 흐르면 흐를수록 상대하는 적의 경지도 올라가게 될 것이고 종국에는 오크 로드 게우게스나 블랙 드래곤과 같은 까다로운 적들도 상대하게 될 것이다.

"후우."

뜨겁게 내쉰 숨과 함께 나는 모든 정신을 허름한 저택, 그 저택의 2층으로 집중했다.

확신했다.

반드시 저곳에는 그리즈만이 있다.

9클래스의 힘을 가진 내 앞에서 과연 6클래스의 마법사는 무엇을 할 수 있을까.

위잉— 위잉— 위잉—

귓가를 스치는 소환음과 함께 텔레포트에 필요한 마법진이 활성화되기 시작했다.

그리고.

파팟!

순식간에 주변의 모든 공간이 일그러졌다가 빠르게 재조합됐다. 모든 것이 원래대로 돌아오고 주변의 공간들이 새로운 모습으로 만들어졌을 때.

나는 내 눈 앞에서 움직이고 있는 두 개의 인영(人影)을 발견할 수 있었다.

"이, 이건……."

"설마?"

왼쪽에 보이는 흑색 로브의 사내는 그리즈만이었다.

얼굴과 이름을 기억하는 만큼, 그리즈만의 모습을 파악하는 것은 어려운 일이 아니었다. 하지만 그리즈만의 오른쪽에 서 있던 사람은 예상 밖이었다.

바로 기사단장 매그론이었던 것이다.

엘레나시에 주둔 중인 자르가드군의 핵심 전력인 총지휘관 둘이 바로 내 눈앞의 원탁에서 회의를 하고 있었던 것이다.

일석이조(一石二鳥).

이것만큼 잘 어울릴 말도 없을 것 같았다.

3장

실력 발휘

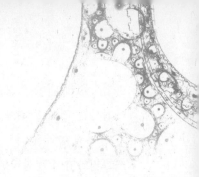

혹마법사 그리즈만, 기사 매그론.

두 사람이 한 장소에 있었다.

"이건 말이 안 되는데?"

즉각적으로 그리즈만의 반응이 나왔다.

그리즈만은 정확히 이 회의실에 이동을 완료할 수 있을 정도로 정교한 텔레포트 마법을 시전하려면, 그보다 더 높은 경지에 있어야 한다는 것을 잘 알고 있는 것 같았다.

자르가드군이 바보는 아니다.

전쟁에 앞서 스페디스 제국의 마법계를 구성하고 있는

마법사들에 대한 정보를 수집했을 것이고 5클래스 이상의 마법사는 거의 암기에 가까울 정도로 구성원에 대한 정보를 암기해 놓았을 터.

그리즈만이 정상적인 판단을 했다면, 나는 그에게 7클래스 이상의 마법사로 보일 것이다. 하지만 7클래스 이상의 마법사 명단에는 내가 없었을 것이다. 즉, 정보와 실제 사이의 불일치가 생기는 것이다.

스룽!

"그게 문제가 아니잖나, 그리즈만!"

행동은 매그론이 빨랐다.

상황의 심각성을 깨달은 매그론은 바로 검을 빼들고 내게로 향했다.

상황이 상황인지라 저택 밖에 주둔하고 있을 아군에게 도움을 요청할 여유조차 없어 보였다.

사실 병사들은 부른다고 해서 크게 도움이 될 것도 없다. 그저 아주 약간의 시간을 벌어줄 도구 그 이상, 그 이하도 아니게 될 테니까.

"블링크."

나를 향해 맹렬한 기세로 돌진해오는 매그론을 보며, 나는 여유있게 블링크 마법을 시전했다.

평범한 마법사였으면 신속하면서도 묵직하게 들어오는

것처럼 느껴졌을 매그론의 공격이 내게는 그저 느린 화면을 보는 듯한 기분으로 다가온다.

그것만으로도 충분히 나에게 일어난 변화를 체감할 수 있었다.

내 움직임은 매그론의 움직임보다 훨씬 빨랐고 아직 매그론이 정면에 남아 있는 내 잔상에서 벗어나기 전에 나는 매그론의 등 뒤에 도착해 있었다.

화악—

나는 옆에서 전투태세에 돌입하려고 하는 그리즈만의 전투력을 급감시키기 위해, 다량의 마나를 인위적으로 방출했다.

마법사는 자신의 마나와 자연 속에 존재하는 마나를 혼합해서 마나를 구사하게 되는데, 두 마나가 밀도가 비슷하기 때문에 평상시에는 혼합하는 데 있어 무리가 없었다.

하지만 인위적으로 무언가에 의해 마나의 밀도가 올라가거나 줄어들게 되면 혼합 과정에서 마법 구현에 차질을 빚게 된다.

즉, 시간 지연이다.

마법사는 마법을 이용한 전투에 익숙하기 때문에 그리즈만 역시 내가 눈앞에 있음에도 단검이나 검 따위로 나를 노리기보단 자신이 평생을 갈고 닦아온 주특기인 마법으로 나를 공격할 생각을 한 듯싶었다.

한데 그것이 지연됐다.

그사이, 나는 매그론의 양쪽 관자놀이 옆에 손을 위치시킨 뒤, 순간적으로 어둠의 마나를 그의 머릿속으로 강하게 주입시켰다. 정신 제어 마법이었다.

"아아악!"

매그론이 비명을 질렀다.

보통 이런 상황이 되면 정신 제어 마법에 걸린 상대가 고통에 발버둥치거나 어떻게든 벗어나려 애쓰며 공격하려는 모습을 생각하게 마련이지만, 그건 양쪽의 경지가 대등할 때의 이야기다.

나에게는 풍부한 양의 마나가 있었고 그 양은 매그론이 어떻게 버텨볼 수 있는 수준이 아니었다.

그는 기사이지만 오러 블레이드를 자유자재로 구사하는 마스터급의 기사는 아니었다.

그에게는 마법에 대한 저항력, 즉 항마력이 부족했고 폭발적인 마나 주입 속에서 매그론은 순식간에 내게 모든 것을 잠식당해 버렸다.

"……."

초점을 잃은 매그론의 두 눈이 멍하니 나를 응시했다.

나는 그런 매그론에게 눈앞에 있는 그리즈만을 가리켰다.

당황한 그리즈만은 이제야 겨우 구체를 형성시키고 내게 마법을 시전하려 하고 있었지만 때는 늦었다. 전장에서 뼈가 굵었을 그리즈만도 당황하자 움직임이 기민하지 못했던 것이다.

"매그론!"

애처로운 그리즈만의 외침이 터져 나왔다.

그리즈만은 이미 나의 존재를 까맣게 잊은 채, 눈앞에서 살기 어린 검을 겨눈 채 걸어오고 있는 매그론에게 정신이 팔려 있었다.

그러는 사이 나는 블링크로 그리즈만의 뒤로 이동했다.

검사, 기사, 마법사, 암살자 할 것 없이 모두에게 가장 취약한 곳은 등 뒤다.

등 뒤에서의 한 방은 전력을 다한 눈앞에서의 일격보다 더 강하니까.

화르르륵.

어느새 내 손끝에 화염구체가 생겨났고 당장이라도 닿는 모든 것을 녹일 것처럼 활활 타올랐다.

"아."

그리즈만의 짧은 탄성이 터져 나왔다.

"이런 마법사가 있을 것이라고는……."

이미 모든 것을 체념한 듯, 그리즈만이 고개를 푹 숙이며 중얼거렸다.

그의 정보 속에서 나는 유명한 용병단에 소속된 전도유망한 마법사 유망주 정도였을 테니까.

하지만 실체는 너무나도 달랐다.

자신의 6클래스의 경지도 아무 쓸모가 없다는 것을 느낀 것이다. 그만큼 나와 그리즈만 사이에 존재하는 차이는 엄청났다.

푸욱!

"끄아아아악!"

나는 미련 없이 그리즈만의 등 뒤에 뜨겁게 달아오른 손을 밀어 넣었다.

거대한 용광로와도 같은 손은 그대로 그리즈만의 피부를 녹이고 들어가, 그의 내장 속을 휘저었다.

풀썩.

숨이 끊어진 그리즈만이 무릎을 꿇은 채로 앞으로 고꾸라졌다. 나는 옆에서 활활 타오르고 있는 벽난로 안에서 몇 개의 장작을 꺼낸 뒤, 그리즈만의 몸 위로 아무렇게나 내던졌다.

그리고 흐려진 초점으로 정면을 응시하고 있는 매그론에게 눈짓을 보냈다.

푸욱. 푸욱. 푸욱!

그러자 매그론이 이미 죽은 그리즈만의 몸 위로 계속해서 검을 내리꽂았다.

그리고 내가 다시 신호를 하자, 그리즈만의 머리 한가운데에 검을 꽂은 채로 움직임을 멈춰 버렸다.

"파이어 월. 파이어 볼."

나는 회의실 여기저기에 불을 붙였다.

누군가가 개입한 흔적을 지우기에는 불만큼 좋은 것이 없다.

다 타버린 현장에 누군가 도착한다고 해도, 이미 모든 것이 불에 타 없어진 만큼 흔적을 찾기는 쉽지 않을 터.

꾸욱.

나는 매그론의 양쪽 관자놀이에 손을 얹었다.

그리고 매직 미사일의 기운을 응축시켜, 보이지 않는 무형의 바람구체를 만들어냈다.

한데 응축된 바람의 힘은 순식간에 매그론의 양쪽 관자놀이를 빠르게 압박해 들어갔고 이내 눈알이 튀어나올 듯이 몸을 부르르 떨던 매그론의 입에서 검붉은 피가 쏟아져 나왔다.

그렇게 매그론도 죽었다. 한 지역을 통솔하는 마법사와 기사가 동시에 숨을 거둔 것이다.

"부, 불이야! 불이야!"

"매그론 사령관님! 매그론 사령관님!"

"그리즈만 님은 어디 계시느냐? 어디에 있어?"

"으끅—! 끄윽……."

인비저블 상태를 유지한 채 저택 근처에 숨어 있던 나는 본대와 떨어져 개별 단위로 이동하는 마법사와 검사들을 중간에 하나씩 낚아채 목숨을 거두었다.

모두의 시선이 저택의 불길에 쏠린 탓에 정신이 없었고 나는 어둠 속에서 더 많은 수의 적들을 잡아내고 있었다.

"서쪽에 적이다!"

그 무렵, 타이밍 좋게 우리 용병단원들의 공격이 시작된 것 같았다.

이미 지도부가 있는 곳이 이 모양이 되었으니, 지휘 체계를 상실한 자르가드군은 유기적으로 움직일 수 없을 것이다.

이미 겁을 지레 집어먹고 뿔뿔이 흩어지는 병사들의 모습이 대거 관찰되기도 했다.

적의 기습이 의심되는 상황에서 지휘관이 몰살을 당했으니, 당연히 가슴 속에서 두려움이 피어날 수밖에 없을 터.

활활 타오르는 저택의 불은 그 공포심을 키우기에는 더할 나위 없이 좋은 촉매였다.

"다른 쪽을 휘저어볼까."

전쟁은 화력과 화력의 싸움이기도 하지만, 동시에 두려움과 두려움의 싸움이기도 하다.

어느 쪽이 더 적을 혼란스럽게 만들고 두려움을 유발하느냐에 따라, 유리했던 전세가 급격하게 불리해지기도 하고 반대가 되기도 한다.

나는 이들에게 보이지 않는 적에 대한 공포를 확실하게 심어줄 생각이었다.

내게 있어 변수가 된 자르가드군은 어떤 이유로든 반가운 존재가 아니었기에.

＊　　　＊　　　＊

엘레나가 불바다가 된 것은 순식간이었다.

나는 빠르게 도시 서쪽으로 이동한 뒤, 매섭게 마법 공격을 퍼부었다.

잘 훈련되고 정돈된 마법사들이 체계적으로 대응을 했다면 내 위치를 쉽게 파악했겠지만, 이미 적의 대규모 야습으로 간주하고 우왕좌왕 하는 그들은 이것이 마법으로 인해 발생한 화재라는 사실도 예상하지 못했다.

혼란은 혼란을 불렀다.

불과 수십 명의 용병단들이 도시 내로 침투하여 만들어 낸 혼란이었지만, 소문에 살이 붙으면서 스페디스 제국 정규군의 공격이라는 소문으로 둔갑했다.

자르가드를 위해 충성을 바치기로 한 병사들이라고 할지라도, 죽음이 코앞인데 초연할 수는 없었다.

그들도 제국에 충성하는 병사이기 이전에 한 명의 사람이었으니까.

사령관 둘을 모두 잃고 휘하의 부장들이 어떻게든 수습해보려 했지만 상황은 사그라지지 않았다. 비밀스런 곳에 위치시킨 사령부가 불바다가 되었다는 사실도 놀라운 것이었지만, 그들은 결정적인 오판을 했다.

어떤 실력 좋은 마법사의 개입이 아닌 그리즈만과 매그론 사이의 다툼으로 인해 발생한 참극(慘劇)으로 본 것이다. 현장에 도착한 병사들이 목격한 광경 또한 그러했기 때문이다.

이미 불타 버린 두 사령관의 시체는 외형만이 남아 있었고 매그론의 매서운 검끝이 그리즈만의 몸을 난자한 흔적이 있었다.

누가 보기에도 오해하기 충분한 상황. 그들은 이를 현실로 받아들였다.

"아직은, 아직은 아니다. 지금은 이런 방법이 가장 최선의 방법이겠지."

나는 활활 타오르는 엘레나시 곳곳의 막사들을 보며, 스스로에게 되뇌었다.

마음 같아선 내 실력과 위치를 완벽하게 오픈하고 전장을 휘젓고 다니며 실력 발휘를 해보고 싶었다.

결국 지금 내가 상대하고 있는 적들은 잠재적인 위협이기 때문이다.

하지만 아직 모습을 드러내지 않은 블랙 드래곤의 정체가 마음에 걸렸다.

그들이 먼저 모습을 드러내지 않은 가운데 내가 먼저 정체를 드러내면 표적은 바로 내가 된다.

처음 생각했던 것처럼, 나는 내 스승인 메디우스가 드래곤들의 제1 타깃이 되길 바라고 있었다.

그것은 아주 냉정한 판단과 메디우스에 대한 믿음에서 나온 것이기도 했다.

시선을 메디우스에게로 돌리면, 내가 변수로서 움직이기가 편해진다.

그럴 때 비로소 게우게스가 가진 아이거의 조각도 취할 수 있고 그 이후에 기습적으로 드래곤들에게 피해를 가할 수도 있다.

힘을 숨긴 답시고 전투에서 마냥 손을 놓고 있거나 실력을 발휘하지 않는 것 또한 문제인 만큼, 나는 '상식적인 선'에서 내 행동이라고 판단할 수 없는 공격이나 이동 경로를 통해 흔적을 숨기고 있었다.

테노스를 비롯한 동료들이 내 마법적 경지나 실력에 대해 항상 감탄하고 특별하게 느끼는 건 사실이지만, 엘레나시 외곽의 저택에서 발생한 대규모 화재와 두 사령관의 죽음을 내 활약이라고 생각하진 않을 것이다.

6클래스의 마법사와 기사단장을 제거하려면, 그 이상의 실력을 가진 마법사여야 하기 때문이다.

동료들, 아니 모든 사람들의 인식 속에서 나는 여전히 전도유망한 실력 좋은 마법사일 뿐, 6클래스 이상을 뛰어넘을 특별한 마법사는 아니었다.

"이제는 자연스럽게 섞여볼까?"

─너는 참 음흉한 놈이야. 레논, 너는 아주 음흉해.

"칭찬으로 듣지."

본 실력을 숨기고 포장된 모습으로 다시 전장에 뛰어들려는 내 모습을 보며 아이거는 기분 나쁜 칭찬을 건넸다.

이건 칭찬이다.

그렇게 들리지는 않지만.

엘레나시에서 벌어진 야습은 대성공이었다.

스페디스 제국이 자르가드군의 침공을 예측하지 못하고 개전 초반에 동쪽 일대의 몇몇 도시를 잃었던 것처럼, 자르가드군 역시 때아닌 기습에 전열이 크게 흐트러졌다.

스페디스 제국에도 마냥 머저리들만 있는 것은 아니어서, 엘레나시에서 들려온 소식을 듣고는 모든 병력을 총동원해서 자르가드군을 밀어내기 시작했다.

점점 겨울이 다가오고 있는 스페디스 제국의 밤은 깊었고 엘레나시는 뒤이어 도착한 스페디스 제국군들로 인해 초토화가 되다시피 했다.

우리 용병단은 도망치는 자르가드군을 집요하게 추격했다. 함께 움직인 카트리나 용병단의 기세도 대단했는데, 그들은 살려달라고 애원하는 자르가드군 역시 목숨을 끊은 뒤 그 수급을 베었다.

이 세계에서의 전공(戰功)이란 결국 내가 살던 세계의 과거와 크게 다를 것이 없어서, 베어온 적의 수급이나 징표들로 확인이 되곤 했다.

용병들 입장에서는 이런 전투들이 단순히 국가를 위해서 싸우는 것뿐만 아니라, 이후 용병으로 자신의 입지를 단단히 하고 전공을 인정받아 보상을 받을 수 있는 기회였기 때문에 이런 행보는 당연했다.

나는 전장의 한가운데에서 악바리처럼 달라붙어 싸우고 덜렁거리는 자르가드군의 목을 베어 얼굴에 피칠갑을 하는 아이린의 모습도 볼 수 있었다.

그녀는 이따금씩 우연히 나와 눈이 마주쳤는데, 그때마다 독기를 가득 품은 시선으로 나를 잡아먹을 듯이 노려보았다. 하지만 그 독기가 살기(殺氣)는 아니었다.

마치, 난 이 정도로 강한 사람이다, 인정받고 싶다… 는 그런 느낌이라면 맞을까. 그 눈빛의 의미가 오묘했다.

자르가드군에 대한 총공세는 그날 우리 용병단이 성공적으로 완수한 엘레나시 기습 작전을 시작으로 불이 붙었다.

동시에 보가트시에서 블랙 오크와 벌어진 대규모 교전에 대한 소식도 전해졌다.

들려온 것은 승전보 아닌 승전보였다.

결과만 놓고 본다면 승리였다. 보가트시로 진입하기 위해 요새를 총공격한 블랙 오크는 수많은 공성 병기와 끝이 보이지 않는 오크 전사들을 이용해 그야말로 인해전술로 밀어붙였다고 했다.

하지만 천혜의 요새인 보가트 요새는 수많은 공성병기의

공격에도 끄떡이 없었고 성벽을 타고 오르려는 오크들은 매서운 화살 세례에 오를 생각조차 못하고 목숨을 잃었다고 했다.

문제는 블랙 오크들이 자이언트 트롤, 오우거와 같은 대형화된 몬스터들을 데려오면서 발생했다.

시간이 지체되긴 했지만 대형 몬스터들이 등장하면서, 공성병기로 성벽을 조금씩 무너뜨리고 성을 오르려던 방법이 아닌 다른 방법으로 오크들이 공격 방식을 바꾼 것이다.

블랙 오크들은 집요하게 성문과 그 언저리를 노렸고 충차(衝車)와 더불어 대형 몬스터들의 매서운 돌진이 계속해서 성문을 압박했다.

수많은 몬스터의 시체들이 산더미처럼 쌓이는 와중에도 블랙 오크들은 포기하지 않았고 기어코 성문이 뚫렸다.

그래서 보가트 요새 안쪽, 그러니까 성문 근처에서 그야말로 대혈전이 벌어졌다.

외성과 내성 구조로 된 보가트 요새는 외성이 무너질 경우에는 그야말로 내성까지 무주공산이었기 때문에 병사들은 필사적으로 오크들을 막았다.

밤낮을 쉬지도 않고 벌어진 전투에서 수많은 오크들이 죽어 나갔고 그러면서 예기가 꺾인 오크들은 전열을 재정비하기 위해 한 차례 전선을 뒤로 물렸다.

하지만 문제는 이 대규모 수성전에서 보가트 요새에 주 둔 중이던 스페디스 제국군의 7할이 전사했다는 것이었다.

상처뿐인 승리.

승리를 했지만 다음 공격을 막아낼 수 있을지 장담조차 할 수 없는 상황이 됐다.

여전히 블랙 오크의 수는 보가트 성 공격에서 잃은 정도 는 새 발의 피라 할 수 있을 만큼 많았고 반면에 보가트 요 새에 주둔 중인 제국군의 피해는 컸기 때문이다.

상황이 이렇게 되자, 자르가드군을 공격하기 위해 추가 편성되었던 중앙군의 경로가 바뀌었다.

그들은 남쪽으로 향했고 보가트 요새를 지원하기 위한 지원군이 되었다.

용병들 사이에서도 이것을 두고는 얘기가 갈렸다.

밑 빠진 독에 물붓기다, 가장 최선의 선택이다, 같은 수 많은 논란이 있었다. 내가 볼 때는 지금으로선 가장 현명한 선택이었다.

보가트 요새가 블랙 오크들의 손에 넘어가면, 그때부터 는 제국 남부의 주요 도시로 블랙 오크들이 뻗어나가기가 한결 수월해진다.

잘 정비된 수많은 도로들이 나뭇가지처럼 펼쳐져 있어, 선택지가 다양해지고 제국군 입장에선 어딜 수성해야 할지

갈피를 잡기가 어려워지기 때문이다.

상황은 좋지도 나쁘지도 않은 상황이었다.

블랙 오크들과 대치중인 남쪽 전선의 상황은 나빴고 자르가드군과 대치중인 동쪽 전선의 상황은 괜찮았다. 적의 예봉을 꺾어 전진이 멈췄기 때문이다.

대치 상황이 되면서 우리 용병단의 전진도 함께 멈췄다. 그리고 용병단의 주요 임무는 빠져나가지 못하고 각각의 도시에 은신해 있는 자르가드군의 잔당을 찾아내어 제거하는 일이 되었다.

수는 적었지만 그들은 일반 병사 따위를 죽이는 것은 식은 죽 먹기나 다름없는 정예 암살자들이었기 때문에, 그들을 찾아내는 것은 용병들의 몫이었다.

용병들은 투덜거렸다. 말이 좋아 용병이지 정규군 뒤치다꺼리나 하는 청소부나 다름이 없다고. 하지만 그건 괜한 소리였다.

애초에 동부 전선에서의 전투는 초기 전력의 절반 이상을 차지했던 용병들이 없었다면 진장에 난장판이 되었을 전투일 테니까.

*　　　*　　　*

그렇게 대치 상태를 유지하기를 이틀.

그사이에도 네 번이나 보가트 요새에서의 소식이 전해졌다.

처절한 공방전이 벌어지고 있다는 소식이었다.

어떻게든 뚫어내려는 블랙 오크들과 어떻게든 막으려는 스페디스 제국군의 양보 없는 혈전이었다.

그사이, 동부 전선에 주둔 중이던 병력 일부가 남쪽으로 파견됐다.

제국 군부에서는 다수의 오크들을 효과적으로 상대할 수 있는 정예 병사, 기사 전력을 남쪽으로 보내는 한편 다수의 마법사 전력을 이곳, 동부 전선으로 이동시켰다.

수많은 회의 끝에 결정된 사항이라고 하니, 의미 없는 행보는 아닐 터다.

잠시 호흡을 고르며, 적의 움직임을 예의주시하고 있던 용병들에게 마법사 증원 소식은 반가운 소식이었다.

확실히 마법사들이 속도전에서는 일반 병사나 기사들보다는 대응력이 빨랐고, 이는 자르가드군의 성향과도 맞는 점이 있어 좋은 조합이었던 것이다.

그 과정에서 나는 잠시 잊고 있었던, 혹은 생각하지 않고 있었던 존재와 마주치게 되었다.

그것은 바로 내 스승이자 스페디스 제국의 대마법사인

메디우스와의 만남이었다.

*　　　*　　　*

"후후, 나도 늙긴 늙었어. 이 쪽으로 용병단 다수가 파견되었다는 것도 알았고 테노스가 있다는 것도 알았는데… 네가 있다는 사실을 까먹고 있었다니."

"어서 오십시오, 스승님."

"후후, 스승이라 하기엔 가르친 것도 너무 없지. 잘 지냈느냐?"

"보시는 대로 무탈합니다. 이제… 움직이시는 겁니까?"

"언제까지 성인군자처럼 뒤에서 지켜볼 수만은 없어서 말이야. 이 전쟁은 시작부터 무언가 잘못됐다. 지금도 충분히 좋지 않게 돌아가고 있어. 이건 단순히 우리 제국과 블랙 오크, 자르가드군만 얽힌 전쟁이 아니다."

"……."

메디우스는 예리하게 돌아가는 흐름을 파악하고 있었다.

그의 말대로 그가 전장에 모습을 드러내지 않았던 것은 9클래스의 마법사가 전투에 개입하는 순간, 전황이 크게 달라지기 때문이다.

자르가드군도, 블랙 오크도 메디우스의 존재를 모르고

전쟁을 일으켰을 리가 없다.

즉, 이에 대한 대비나 방어책을 충분히 구상하고 난 뒤에 움직였다는 이야기다.

최소한 메디우스에 대항할 수 있는 카드 하나씩은 있기에 시작했을 전쟁.

나는 이미 어느 정도 짐작할 수 있었다.

자르가드군이나 블랙 오크 모두 자신들의 뒤에 드래곤이 있기에 저렇게 과감하게 공격을 할 수 있는 것이다.

자르가드의 대마법사는 8클래스의 마법사로 이제 9클래스 진입이 얼마 남지 않은 베르가디안이 있었다.

하지만 그도 메디우스 앞에서는 1클래스의 현저한 차이가 나는 마법사다.

메디우스의 공격을 어떻게든 막아낼 정도는 되겠지만, 메디우스를 죽일 수 있는 실력은 없다.

하물며 블랙 오크들은 말할 것도 없다.

아무리 블랙 오크의 수가 많고 정예 전력을 다수 보유했으며, 오크 메이지와 같은 마법 전력이 있다고는 해도 9클래스의 마법사는 불과 바람과 물과 땅을 부리는 전지전능한 마법의 신과도 같은 존재.

이를 역시 생각할 줄 아는 오크 로드 게우게스가 놓쳤을 리 없다. 자신의 힘으로는 9클래스의 마법사까지 상대할 수는 없다는 것도 그 누구보다도 잘 알았을 터다.

과거의 메디우스는 깨닫지 못했다.

이 전쟁의 거대한 이면이 존재한다는 것을.

그래서 전장에서 그를 은밀히 노려왔던 블랙 드래곤들에 의해 제거를 당했고 전황은 매우 어렵게 흘러갔었다.

여기서 내가 직접 그에게 말을 해줄 수도 있다.

블랙 드래곤이 배후에 있습니다! 라고.

하지만 과거의 경험에 비춰보면… 그 스스로 깨닫게 하는 것이 더 결과가 좋았다.

오히려 나의 말로 인해 판단을 다시 해보게 되고 그럴 리는 없다는 식으로 결론을 짓는… 황당한 일이 생각보다 많았던 것이다.

그럴 수밖에 없는 것이 드래곤과 인간 사이에 존재하는 대립의 역사는 지금으로부터 한참을 거슬러 올라가야 나오는 이야기이기 때문이다.

"분명 블랙 오크와 자르가드는 한 패다. 어떻게 서로 대립하던 두 세력이 손을 잡았는지는 알 길이 없지만… 그사이에 가교 역할을 해준 누군가가 존재해. 그래서 블랙 오크와 마도국 자르가드가 손을 잡고 우리 제국을 친거다. 이 가교 역할을 해줄 수 있는 건… 하나밖에 없어."

"누구겠습니까?"

나는 내심 기대 반, 걱정 반을 담은 눈빛으로 메디우스에게 물었다. 그는 현명하게 판단했을까?

"드래곤이다. 엘프는 이런 일을 할 이유도, 그리고 동족을 제외한 모두를 배척하는 그들의 성향과도 맞지 않아. 이 일의 중심에는 드래곤이 있다."

지금까지 살아온 99번의 삶 중에서 가장 예리하고 정확하게, 스스로 판단을 내린 메디우스의 말이었다. 그는 정확히 돌아가는 흐름을 짚고 있었다.

"레논, 만약 그들의 배후에 드래곤이 있다면…… 드래곤들을 어떻게 해야 할 것 같으냐?"

메디우스가 내게 묻는다.

나는 조용히 생각하는 듯하다가 말을 하지 않았다. 그가 그 스스로 생각해서 판단하기를 바랐기 때문이다.

옛말에 천기누설이라는 말이 있는 것처럼.

앞으로의 판도나 흐름에 중요한 영향을 끼칠 수 있을 만한 말은 최대한 아끼는 게 좋았다.

멜디르에게는 필요에 의해 말할 수밖에 없는 예외의 경우였지만.

"저는 잘 모르겠습니다."

나는 망설임 없이 자연스럽게 고개를 저었다.

그러자 메디우스가 나를 바라보며 의미를 알 수 없는 미소를 씨익 지었다.

그리고 잠시 생각에 잠긴 듯, 하늘을 바라보더니… 이내 내게 시선을 돌리며 말을 이었다.

"누군가는 드래곤의 시선을 끌어야 되지 않겠느냐? 또 다른 누군가가… 실컷 뛰어놀 수 있는 빈틈을 만들어줄 수 있도록 말이야."

"……."

그 순간, 나는 말없이 메디우스를 바라보았다.

또 다른 누구.

나를 지칭하는 말인 것인가?

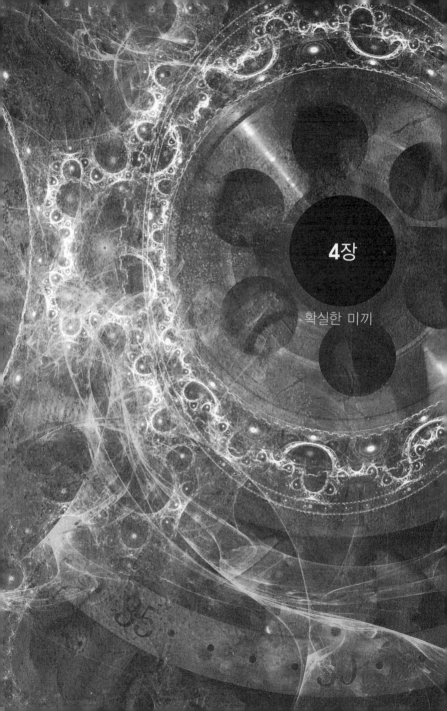

4장

확실한 미끼

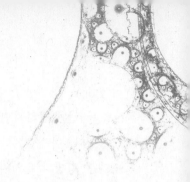

"그래도 내가 나이를 헛으로 먹은 것은 아니기에 눈치라는 것은 있다. 레논, 처음 너를 만났을 때만 해도… 네가 평범하지 않은 녀석이라는 것은 알고 있었다. 하지만 대단할 것이라고는 생각하지 않았지. 어렸을 적에 마법적인 두각을 드러냈다가 시간이 흐르면서 총기를 잃고 평범해진 녀석들을 수도 없이 많이 보았기 때문이다."

메디우스는 내 머리를 살살 쓰다듬었다. 그의 눈빛에서는 평소와는 다른 느낌이 묻어났다.

마치 할아버지가 손자를 대할 때 보일 법한 따뜻한 눈빛이었다.

"솔직하게 말하자면 너 역시 그런 부류가 되지 않을까 생각했었다. 하지만 너는 내가 9클래스에 진입할 수 있도록 도와준 평생의 은인이자 특별한 사람이었지. 그래서 항상 네가 무엇을 하는지, 어떻게 살아가고 있는지 주시하곤 했었다. 하하하. 무슨 스토킹을 했다는 것은 아니다. 단, 내 제자가 무엇을 하는지는 항상 궁금해했지."

"절 지켜보고 계셨다는 거군요."

"너와 같이 유능한 아이를 잃고 싶지 않았기 때문이다. 그렇게 항상 널 지켜봐 왔고 너는 내가 생각하는 것 그 이상으로 빠른 성장을 거듭하더구나. 마법사가 한 클래스를 상승한다는 건 보통 10년을 말해야 할 정도로 오랜 시간이 걸리는 일이야. 하지만 수백 년, 아니 수천 년에 한 번쯤은 이런 상식을 뛰어넘고 폭발적인 상승을 경험하는 마법사들이 세상에 나타나기도 한다. 사람들은 이를 두고 뭐라고 부르는지 아느냐?"

"영웅이라고 하지 않을까요."

"맞다. 영웅이라고 부르지. 혹은 전설이라는 이름으로. 그런 특별한 사람에게는 특별한 운명이 따르게 마련이고 그 특별한 운명은 그뿐만이 아니라 수많은 사람의 운명을 결정할 포인트가 되기 때문이다."

메디우스는 더욱 차분하게 말을 이어갔다.

나는 그의 말에 적극적으로 대답을 하지도 않았고 부정하지도 않았다. 모든 것은 그의 생각대로, 자연스럽게 입에서 흘러나와야 한다.

"나는 생각했다. 그리고 보고 들은 것을 통해 느꼈다. 네게는 남들과는 다른 어떤 특별함이 있다는 것을 말이다. 그리고 이번 엘레나 전투의 소식을 듣고 느꼈다. 남들은 그리즈만과 매그론의 다툼으로 인해 발생한 불화라고 여기지만, 전장에서 뼈가 굵은 두 군인들이 그럴 리 없어."

"……"

"당시 엘레나시에서의 작전은 용병단이 수행했고 그중에서 현장을 그렇게 휘저을 수 있는 가장 유능한 마법사는 레논 너밖에 없다. 6클래스의 마법사가 손도 못 쓰고 기사와 함께 죽임을 당할 정도면 그 차이는 말할 것도 없겠지. 최소 8클래스 이상이야. 그래서 사람들은 부정했던 거다. 네가 8클래스 이상일 리는 없으니까. 그리고 나는 전장에 없었으니까. 하지만 나는 확신했다. 8클래스 이상의 힘을 가진 마법사가 있다. 국내에 내가 알고 있는 마법사 중에서 하이 클래스의 마법사들은 언제 무엇을 하고 있는지 다 알고 있다. 결국 그 자리에 있던 '정체불명'의 마법사는 레논, 너였다는 이야기다."

"그랬을까요?"

나는 무덤덤히 말을 받았다.

메디우스의 예리한 추측에는 틀린 것이 없었다. 사실 내가 노렸던 것이 바로 '상식'이었다. 사람들은 상식을 벗어나는 생각과 판단을 하고 싶어 하지 않는다.

메디우스의 말대로 6클래스의 마법사와 상급 익스퍼트급의 기사를 단번에 제압하려면 8클래스 이상의 마법사여야 한다. 그래야 기척 없이 순식간에 정확하게 그들의 근처로 텔레포트를 하고 단숨에 제압할 수 있기 때문이다.

그 이하의 실력이라면 전투를 단번에 끝낼 수가 없었고 이번 엘레나 전투처럼 두 지휘관이 저택의 집무실을 빠져나오지도 못하고 죽는 일은 생기지 않는다.

사람들은 두 가지 상황을 놓고 어떤 게 정답일지를 고민한다.

두 사람을 단번에 제압할 8클래스의 마법사가 있었거나, 아님 두 사람이 불화로 다투는 바람에 문제가 생겼다거나.

전자는 가능성이 낮게 느껴진다. 8클래스의 마법사 중에 자신들이 모르는 마법사들이 있을 것이라 생각지는 않으니까. 그래서 쉽게 접근할 수 있는 후자를 선택한다. 또한 그럴듯하기도 하다.

그래서 용병들은 물론이고 그 어느 누구도 전자의 가능

성을 생각하지 않았다. 하지만 멀리 떨어진 곳에서 꾸준히 전황을 관망하던 메디우스의 생각은 달랐던 것이다.

그는 지혜롭고 예리했다. 그리고 상식에 얽매이지도 않았다.

"어떠냐, 내 이유 있는 추측이. 그럴듯하지 않으냐?"

"그런 것 같습니다."

"레논, 네게 인과 관계나 그 과정을 묻고 싶은 생각은 없다. 세상에는 평범하게 설명되지 않는 일들이 너무나도 많으니까. 하지만 네 입으로 직접 듣고 싶구나. 나는 이미 판단을 내렸다. 다만 내 제자가 내게 솔직한지 알고 싶다. 그래야만 마음 놓고 내가 생각한 그다음 이야기를 할 수 있기 때문이다. 서로를 믿지 못하면, 내가 생각한 빈틈은 생겨날 수밖에 없다."

메디우스는 진지하게 말을 이었다.

나 역시 그의 말을 하나하나 놓치지 않고 받아들였다.

메디우스는 나의 특별함을 확실하게 인지하고 있다. 수 많은 추측, 이유들이 머릿속을 어지럽히고 있을 것이다. 도 대체 어떻게 자신의 제자가 '상식'을 뛰어넘고 이런 성장을 했는지 이해하기 힘들 테니까.

하지만 그는 그런 과정을 굳이 이해하려 하지도, 의문을 제기하려고 하지도 않겠다는 것이었다. 그저 있는 그대로를 받아들이겠다는 것이다.

메디우스다운 단호한 판단이었다.

"제가 스승님에게 완벽하게 솔직하면."

나는 말을 끊었다. 기다렸다는 듯이 말하고 싶진 않으니까.

"으음."

메디우스가 내게 눈빛을 고정시킨 채, 고개를 끄덕인다.

"스승님도 제게 솔직해지시고 믿어주실 겁니까?"

"그럴 생각이 아니었으면 이런 이야기는 하지도 않았다. 드래곤이 개입했다면 이 전쟁은 더 이상 인간들만의 전쟁도 아닌 것이 된다. 그럼 이제부턴 일분일초가 중요한 시간들이 될 게야. 그리고 약속하마. 네가 이 자리에서 말하는 그 모든 것들을 나 혼자서만 묻고 가겠다."

"예, 스승님."

메디우스의 얼굴에서는 결연한 의지가 묻어났다.

나는 메디우스를 잘 안다, 그리고 믿는다. 내가 몇 번의 삶을 반복하더라도 늘 스승으로 모셨던 메디우스는 항상 올곧았다.

그는 이번 삶에서도 묵묵히 내 조력자로서 함께해 줄 것이다. 그것은 의심할 여지도, 필요도 없다.

나는 조용히 손끝으로 시선을 돌리고 모든 정신을 집중

했다. 그리고 빠르게 마법 구체 하나를 캐스팅하기 시작했다.

화르르륵. 화르륵. 화륵.

당장에라도 닿는 모든 것들을 태워 버릴 것 같은 화염의 원천이 내 손끝에서 맥동하고 있다. 여기에 마나를 불어넣고 내 통제를 벗어나게 하면, 거대한 지옥불이 되어 허공을 휘젓고 다닐 것이다.

"허어……."

메디우스는 한동안 멍한 표정으로 구체를 바라보기만 했다.

헬 파이어. 9클래스의 마법.

메디우스도 일흔이 넘은 나이가 되어서야 실체를 정확하게 본 화염 계열 마법의 극의.

그것을 자신의 눈앞에서 자신이 아닌 제자가 만들어낸 마법으로서 보고 있는 것이다.

"후후후, 후후후후. 내심 사실이길 바라면서도 어떻게 받아들이게 될지 걱정했는데… 직접 이렇게 두 눈으로 보니 완벽해지는군. 내 제자가 9클래스의 마법사라니. 이것은 정말 하늘이 내린 운명이 아닌가?"

내가 그간 살아온 영겁의 삶을 알 길이 없는 메디우스는 어떤 기연을 통해 내가 9클래스의 힘을 얻은 것으로 생각하고 있는 것 같았다.

판단이야 아무래도 좋다. 메디우스는 내 그대로를 받아들이고 있었다.

"더 이상 아무것도 묻지 않겠다. 놀라지도 않으마. 그간 고생이 많았겠구나, 레논. 너는 네 힘을 숨길 필요성을 인지했을 것이고 그러기 위해 많은 생각을 했어야 했을 것이다."

"아닙니다. 괜찮습니다, 스승님."

"이제 다시 본론으로 들어가야겠지. 레논, 세상에서 네가 9클래스의 마법사라는 사실을 아는 것은 나밖에 없겠지?"

"그렇습니다."

사실은 한 명 더 있다.

엘프 로드 멜디르.

하지만 그는 굳이 내 존재에 대해 누군가에게 알릴 필요성을 못 느끼는 존재다. 그럴 필요도 없다.

"이번 전쟁의 배후에는 드래곤이 있다. 그러면 의심의 여지없이 오크 로드 게우게스는 드래곤의 사주를 받고 움직였을 것이야. 그리고 그들은 내게 시선을 집중하고 있을 것이다. 9클래스의 마법사가 전장에 나타났다는 것은 오크나 자르가드군에 대한 큰 위협임과 동시에……."

"드래곤의 타깃이 될 가능성이 높아진다는 얘기입니다."

"그렇지. 내가 미끼가 되는 거다. 난 마법사에 한 번이라도 관심을 가진 사람이라면 그 존재와 위치를 아는 사람이지만… 넌 그렇지 않지. 그 말은 완벽하게 적의 허를 찌를 수 있다는 것이다."

"오크 로드 게우게스와 그 주변의 무리들을 일거에 처단할 수 있다면, 오크들도 중심점을 잃게 되어 크게 혼란에 빠질 것입니다."

"자르가드도 마찬가지다. 베르가디안만 제거하면, 그놈들이 생각하는 최고의 카드가 사라지는 셈이다. 게우게스, 베르가디안. 두 놈을 제거하면 오크들과 자르가드군의 예기는 크게 꺾이게 된다. 그러면 드래곤들은 둘 중에 하나를 선택하겠지. 직접 전면에 나서거나, 물러나거나."

"물러나진 않을 것입니다. 직접 전면에 서서 오크들과 자르가드를 직접 이끌지도 모릅니다."

"공포에 의한 복종은 오래가지 못하지. 두려움은 적에게는 가장 큰 무기이지만, 아군에게는 가장 약한 빈틈이기도 하다."

"이해했습니다, 스승님의 말씀이 무엇인지."

"가장 깊은 빈틈은 그 사이를 확신이 메우고 있을 때 생기지. 레논, 네 정체가 늦게 드러날수록 우린 적에게 더 많은 피해를 입힐 수 있을 게다. 테노스에게는 내가 이야기하

마. 전략적인 목적으로 네가 필요하다고 하면 흔쾌히 동의하겠지."

"알겠습니다."

쇠뿔도 단김에 빼라고 했던가.

메디우스의 추진은 빠르고 신속했다.

덩달아 내 머릿속의 생각들도 빠르게 돌아가기 시작했다.

게우게스가 가진 조각을 얻을 기회가 생각보다 빨리 찾아온 것이다.

그것도 자연스럽게 연출된 상황에 의해서. 모든 것이 좋은 흐름이었다.

*   *   *

메디우스의 말대로 테노스는 흔쾌히 나에 대한 차출 요청을 수락했다.

테노스는 검사 출신의 용병이었지만, 마법사 원로이자 살아 있는 전설과도 다름없는 메디우스를 존경하는 사람이었다.

테노스에게만 인사를 건네고 나는 조용히 전선에서 이탈했다.

마법사는 내가 아니더라도 다른 용병단의 마법사들도 있었고 각자 맡은 바 본분에 충실하고 있어 문제도 없었다.

메디우스와 나는 그렇게 그날 밤.

어둠 속으로 사라졌다.

그리고 준비된 각본을 만들고 그에 맞춰 움직이기 시작했다.

"드래곤이라… 드래곤은 순결하고 고결한 존재라고 알려져 있지만, 모든 드래곤이 그럴 수 없다는 건 우리의 역사가 증명해 주고 있지 않더냐. 하지만 그때마다, 항상 인간들은 드래곤에게 맞섰고 인간들을 구할 운명과도 같은 용사들이 나타났지. 그것은 어떤 피할 수 없는 운명과도 같은 것일 게다."

주변이 온통 어둠으로 둘러싸인 동굴 안에서 나와 메디우스는 아주 작게 모닥불을 피워놓고 서로를 마주한 채 이야기를 나누고 있었다.

메디우스가 가져온 주머니에는 십여 개의 통신석이 있었는데, 메디우스는 1시간 정도 간격으로 계속해서 전황에 대한 보고를 받았다.

나와 메디우스가 있는 곳은 모르고스 산맥 초입이었다.

블랙 오크들의 거점이자 지금도 여전히 대규모 병력이

이동 중인 이곳.

우리의 노림수는 바로 모르고스 산맥 중앙에 있는 오크 로드 게우게스와 그의 거점이었다.

직접 공격은 내가 하고 미끼가 되려고 하는 것은 메디우스였다.

메디우스가 통신석을 통해 계속해서 주시하고 있는 것은 고착화된 동부 전선을 빠져나와 남서진하고 있는 자르가드 마법사 전력의 이동 경로 소식이었다.

자르가드군은 생각했던 것보다 스페디스 제국군과 용병단이 빠르게 대응에 나서고 오히려 야습을 당해 예봉이 크게 꺾이면서 진군 경로를 변경했다.

고착화된 전선에는 소수의 전력만 남겨 놓고 전선이 동쪽으로 쭉 밀려나더라도 소수의 병력으로 수비가 가능하도록 전략적 요충지에 방비를 튼튼히 해놓았다.

그리고 전투 마법사들을 중심으로 편성된 기동성 높은 전력들을 남서쪽으로 보냈다.

즉, 오크들이 보가트 요새 공격에 총력을 기울이고 있는 남부 전선으로 보낸 것이다.

메디우스는 바로 이 전력들의 시선을 끌어낼 생각이었다.

스페디스 제국에도 통신석을 이용한 신속한 정보 전달

체계가 있듯이, 자르가드군도 마찬가지였다.

그리고 문명의 도움을 받았다면 블랙 오크라고 해서 못할 것도 없었다.

정보는 가장 큰 무기이지만, 동시에 이른 확신을 이끌어내는 함정의 수단이기도 했다.

메디우스가 나타나면, 적들은 메디우스의 움직임을 집요하게 쫓을 것이다. 메디우스가 그만큼 껄끄러운 9클래스의 마법사임과 동시에 전력의 핵심이기 때문이다.

"이렇게 스승님과 단 둘이서 있어본 적은 실로 오랜만인 것 같습니다. 용병단의 일로 정신이 없어서, 제대로 된 인사조차 드리지 못했습니다."

"신경 쓸 것 없다. 용병이 할 일 없이 아는 사람이나 찾아다니는 게 더 우스운 일이지. 용병은 가족들과의 시간마저 반납하고 전장으로 나가야 할 정도로 바빠야 그 직업의 의미를 찾을 수 있는 직업이다. 용병이지 않느냐, 찾아주지 않으면 의미가 없는 것이 용병이다."

"이 전쟁, 이길 수 있을까요?"

나는 가라앉은 목소리로 메디우스에게 물었다.

블랙 오크를 상대로 했거나, 자르가드군을 상대로 한 전쟁이었다면? 승리를 확신했을 것이다.

그들은 내 상대, 아니 메디우스의 상대도 되지 못한다.

물론 9클래스의 마법사를 막기 위해 수많은 전력이 투입되면, 어쩌면 용케 공격을 무력화시킬 수는 있을지도 모르겠다.

하지만 제거하거나 사로잡는 건 거의 불가능에 가까운 일이다. 그러기 위해서는 비슷하거나 가용 가능한 모든 마법사 전력이 투입되어야 한다.

하지만 드래곤이 낀 전쟁은 얘기가 다르다.

내가 딱 한 가지 확신할 수 없는 것은 바로 이 블랙 드래곤들과의 결말이었다.

그리고 내 스스로도 드래곤들과의 전쟁에서 항상 결말은 죽음, 삶의 끝으로서 마무리가 됐다.

거기서 좋은 결과가 나왔다면 이렇게 100번째 삶을 살고 있지도 않았을 것이다.

"전쟁에는 반드시 승자와 패자가 있지. 중간에 휴전을 하게 되더라도, 그 휴전 과정에서 반드시 우위를 지닌 승자와 한 수 굽히는 패자가 존재한다. 가능성으로 판단을 한다면 한없이 낮은 수치가 나오겠지만, 반대로 이긴다, 진다로 생각하면 반반 아니겠느냐? 하하하하. 이기거나, 혹은 지거나. 단순명료하지."

"우문현답이십니다. 좋은 말씀이십니다."

대수롭지 않은듯 말하는 메디우스의 모습이 나는 마음에

들었다.

이기거나, 아니면 지거나.

사실 결과는 그렇게 나뉘어진다.

그 안에서 존재하는 수많은 가능성과 확률은 설령 내가 낮더라도, 내 승리로 끝이 나면 100%인 셈이 된다.

반대로 내가 높더라도, 내 패배로 끝이 나면 0%가 되는 셈이다.

메디우스의 편한 한마디가 잠시나마 경직되어 있던 내 마음을 풀어주었다. 그는 내가 어떤 특별한 이유로 9클래스의 마법사가 되었는지 궁금했지만, 물어보려는 것을 애써 참는 것 같았다.

그것은 마법사로서 사실 당연한 호기심이고 궁금증이기도 하다. 오히려 아무렇지 않게 '음, 9클래스가 될 수도 있지. 운이 좋으면' 하고 인정하는 게 이상한 일이다.

내 전후 사정을 알 리 없는 메디우스는 내가 어떤 진귀한 만드라고라 같은 것을 섭취하여, 폭발적인 성장을 한 것으로 판단하고 있는 것 같았다.

[동이 틀 무렵이면 전투 마법사 전력이 보가트시의 북쪽을 공략하게 될 것 같습니다. 생각보다 진군 속도가 빠릅니다. 속도전으로 양동작전을 펴려는 것 같습니다.]

그러는 사이, 통신석 하나에 붉은 빛이 들어오며 차분한 남자의 목소리가 전해졌다. 아마 그도 마법사일 것이다.

"동틀 무렵이라. 이제 막 산을 넘기 시작한 모양이군. 그럼 산 하나를 더 넘으면 도착이니… 중간에 잘라먹기는 더할 나위 없이 좋은 그림이겠어. 레논, 준비됐느냐?"

"물론입니다. 항시 준비 상태입니다."

"준비하자꾸나. 통신석 하나를 놓고 가마. 확실하게 놈들의 시선을 끌어볼 테니, 부탁한다."

"예, 스승님. 걱정 마십시오."

나는 대외적으로 알려지지 않은 존재. 그리고 메디우스는 알려진 존재였기에 미끼 역할은 내가 아닌 메디우스가 해야 했다.

메디우스는 내가 자신보다 더 위험한 곳으로 향해야 한다는 사실이 계속 마음에 걸리는 모양인지, 애써 내 어깨를 몇 번이고 두드리며 격려를 해주었다.

메디우스가 시선을 끌고 게우게스를 제거한다.

그리고 아이거의 남은 마지막 조각을 손에 넣는다.

그다음, 신속하게 자르가드의 대마법사 베르가디안을 추적한다.

메디우스가 다시 미끼가 되고 나는 베르가디안을 노린다. 그리고 종국에는 메디우스와 내가 합세하여 베르가디안을 확실하게 제거한다.

이 계획의 소요 기간은 길어야 하루.

핵심은 메디우스를 제외한 '또 다른 9클래스의 마법사' 가 있다는 것을 인지하기 전에 블랙 오크와 마도국 자르가드에게 중대한 타격을 주는 것이다.

계획은 완벽했다.

중요한 것은 나 역시도 어떤 대비와 방비가 되어 있을지 확신할 수 없는 게우게스의 본진, 그 거점에 무엇이 있을지 상상조차 되지 않는다는 점이었다.

하지만 게우게스는 반드시 제거해야만 했다.

그래야 조각도 얻을 수 있고 게우게스를 중심으로 한데 뭉친 블랙 오크의 와해도 노릴 수 있으니까.

*   *   *

메디우스는 신속하게 사라졌다.

마법사에게 있어 클래스가 가져다주는 장점은 바로 시공간을 초월할 수 있는 특별한 힘이다.

검사는 그가 익스퍼트급이든 마스터급이든, 혹은 그 이상을 초월한 자여도 공간을 단숨에 이동할 수는 없었다.

물론 동급의 마법사와 비교한다면 말로 형언할 수 없을 만큼 폭발적인 힘을 가진 존재이지만, 그가 가진 물리적인 이동 능력의 한계는 존재하는 것이다.

하지만 마법사는 얘기가 다르다.

1클래스의 마법사는 두 다리로 달릴 수밖에 없지만, 3클래스의 마법사는 헤이스트로 신체 능력을 강화시켜 신속하게 이동할 수 있다.

그리고 점차 클래스가 상승하며 블링크와 같은 공간 회피 마법을 이동 마법으로 쓰기도 하고 더 올라서는 텔레포트를 이용해 장거리 이동을 하기 시작한다.

9클래스의 마법사는 도시와 도시, 국가와 국가를 넘나드는 초장거리의 텔레포트가 가능했다. 그것이 드래곤과 대마법사의 가장 큰 강점이기도 하다.

지금 블랙 드래곤이 전면에 나서지 않았기 때문에 아무 일도 일어나지 않는 것일 뿐, 블랙 드래곤이 작정하고 인간들을 공격하기로 마음먹는다면… 지금 당장 스페디스 제국의 수도 한복판에서 드래곤들이 브레스를 뿜어내도 이상할 게 없는 것이다.

내 눈앞에서 사라진 메디우스는 지금쯤 자르가드의 전투 마법사단이 이동 중인 중간 경로에 자리를 잡고 공격 시기를 잡고 있을 것이다.

상대는 마법사 '단' 이지만 메디우스 한 명으로도 충분했다.

물론 영화에서 보는 장면처럼 일거에 전부 몰살되는 그런 그림은 나오지 않는다. 그들 역시 잘 훈련된 마법사이고 위험 지역을 빠져나갈 회피 마법 정도는 신속하게 사용할 수 있을 테니까.

"몸을 좀 더 풀어볼까."

나는 새벽녘의 한기에 살짝 굳어가던 몸을 풀기 위해 동굴 밖으로 나왔다.

여전히 깜깜한 새벽녘이었고 주변은 여전히 어두웠다.

전투가 시작되면, 게우게스를 제거하고 조각을 얻고 빠져나와 접선하기로 한 곳인 엘레나시로 가기까지 단 한 번도 쉴 틈이 없을 터.

나는 마지막으로 몸을 시원하게 풀며, 메디우스로부터 신호가 오기를 기다렸다.

* * *

―이제 본격적인 전쟁인가?

"내가 눈을 뜬 그 이후부터 하루하루가 전쟁이었지. 아마이 삶을 마무리하기 전까지는 전쟁의 연속이 아닐까."

―뭔가 상당히 씁쓸하게 들리는데.

"씁쓸하지 않으면 이상하겠지."

내가 이따금씩 통신석을 쳐다보며 대기하고 있는 동안, 아이거가 슬쩍 말을 걸어왔다.

처음에는 나에게 당했다는 분노, 당혹스러움 등으로 공공연히 내게 반감을 표출했던 아이거지만, 지금은 이제 완전히 내 몸의 일부가 된 것처럼 있었다.

예전에는 틈만 나면 말을 걸거나 귀찮게 하기도 했지만, 지금은 가끔 이렇게 적막이 감돌 때 나와서 말동무를 해주는 수준이다.

내가 보고 듣고 느끼는 것들을 그대로 인지하고 받아들일 수 있는 만큼 그 여정을 즐겁게 받아들이고 있는 것 같기도 하다.

사실 아이거에게 그가 되돌아갈 수 있는 '육신'을 만들어주는 것에 대해서도 생각해 보지 않았던 것은 아니다.

그가 살았고 또 살아왔던 수백 년의 관록들은 분명히 존재한다. 내게는 힘이 될 수 있는 자산이기도 하다.

하지만 아이거가 내게서 빠져나와 새로이 육신을 얻는다고 해도, 그가 가지고 있었던 마법의 힘을 내가 모두 가져갔으니 육신만 얻어서는 쓸모가 없다.

가장 이상적인 것은 좋은 마법사의 몸을 빌어, 아이거의 정신을 주입시키는 것이다. 내가 이 몸에 원래 존재했던 레논을 밀어내고 차지한 것처럼.

이론적으로는 가능하지만, 실천해 본 적은 없다.

하지만 가장 좋은 일례가 바로 내 몸에 있지 않은가.

아이거는 자신이 가진 힘을 분배하여, 조각에 담은 전력이 있다. 선행 경험자나 다름없는 셈이다.

─신호가 온 것 같은데.

아이거에 대해 좀 더 생각을 하려는 찰나.

통신석의 붉은빛이 반짝거렸다.

메디우스의 연락이 온 것이다.

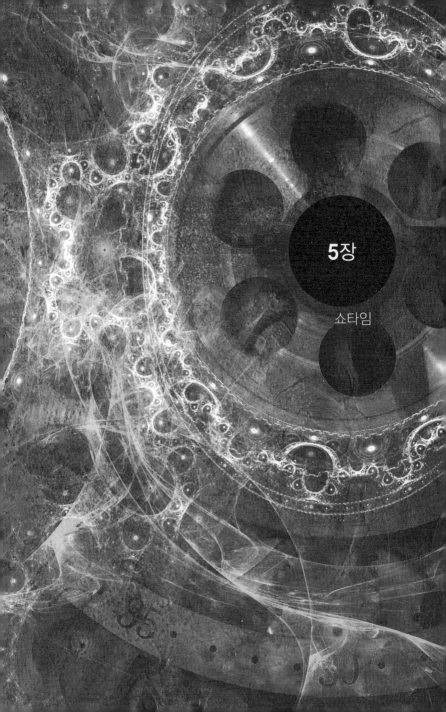

5장

쇼타임

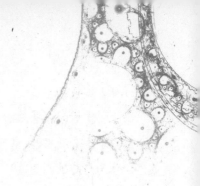

[시작이다. 준비하거라.]

짧은 말이었지만, 그것으로 내용은 충분했다.

일반적인 교전이라면 적들이 부산하게 소식을 전할 리 없겠지만, 상대가 메디우스라면 얘기가 달라진다. 아마 날개 달린듯이 소식이 꼬리에 꼬리를 물고 날아갈 것이다.

나는 모르고스 산맥 중심지로 텔레포트를 할 준비를 하기 시작했다.

그곳에 어떤 간섭 장치가 있을지 확신할 수 없기 때문에 나는 내 기억에 남아 있는 가장 깊은 모르고스 산맥의 중심지를 떠올렸다.

사실 신속하게 작전에 돌입하려면 중심지 한가운데로 이동하면 되겠지만, 텔레포트는 그렇게 마음만 먹는다고 해서 원활하게 시전할 수 있는 마법은 아니었다.

이유는 간섭 때문이다.

지금까지 내가 장거리 이동에 텔레포트를 문제없이 쓸 수 있었던 것은 이동 장소에 대한 이해가 되어 있고 마나 간섭이 일어나지 않는다는 것을 확신했기 때문이다.

하지만 만약 게우게스의 거점 일대에 오크 메이지 혹은 드래곤들이 별도의 마나 간섭 장치나 마법진을 그려두었으면 얘기가 달라진다.

내가 어떤 지점을 지정한 뒤 텔레포트를 하게 되면, 원래는 해당 지점에 보이지 않는 무형의 이동 마법진이 형성되며 종국에는 그곳으로 텔레포트 된다.

하지만 간섭이 일어나면 마치 궤도를 이탈한 우주선처럼 전혀 다른 방향에 이동 마법진이 잡히게 되고, 그 위치는 거리가 길면 길수록 더욱 엉뚱한 곳으로 가게 되는 경우가 많았다.

차라리 위치만 잘못되는 수준이면 다시 이동하면 되니 상관이 없지만, 재수가 없으면 지형지물 사이에 끼거나 관통하게 되는 형태로 이동이 되는 것이다.

즉, 텔레포트를 하고 봤더니 웬 나무 한가운데로 이동이 돼서 그대로 생매장(生埋葬)이 되거나 뾰족하게 솟아오른 어떤 지물 위로 이동이 돼서 그대로 즉사할 수도 있었다.

게다가 간섭의 강도가 매우 심해질 경우에는 아예 이동 과정에서 도착지로 도달도 하지 못하고 흩어져 버릴 수도 있었다. 소멸인 것이다.

그래서 과거에 국가 간의 전쟁이 일어났을 때, 은밀히 침투해 있던 적의 세력들이 적국의 텔레포트 마법진을 조작해서 이를 통해 이동하려는 정예 전력을 대거 제거하는 경우도 종종 많았다.

그 이후로 텔레포트 마법진은 군용이든 상용이든 마법부의 최우선 관리 대상이 됐고 그래서 안전하게 이용할 수 있었던 것이다.

오크 메이지나 전사도 아닌 오크 로드의 거점인데 방비가 허술할 리는 없었다. 움직임은 신속해야겠지만, 생각은 냉정할수록 좋다.

"후우."

심호흡을 한 나는 장거리 텔레포트에 모든 정신을 집중했다.

이미 모르고스 산맥 안으로 잠입해 있는 상태이기 때문에 기리는 멀지 않다.

30여 분의 시간이 흘렀다.

메디우스의 전투와 내 공격 시점에 텀을 둔 것은 메디우스에 대한 정보가 충분히 전달될 여유를 벌어주기 위함이었다.

"그럼 이동해 볼까."

마지막 호흡을 고른 나는 활성화된 텔레포트 마법진 위에 몸을 올렸다.

파앗―

한줄기 섬광이 마법진 위로 치솟고.

나를 둘러싼 모든 공간들이 일그러졌다가 재조합됐다.

크흑!

그 순간, 내 시선에 정면으로 보이는 두 개의 인영, 아니 오크들의 모습이 있었다.

"제대로 찾아온 모양이군. 블링크."

파앗! 우둑! 파앗! 우두둑!

굳이 호화찬란하게 마법을 쓸 것도 없었다.

나는 블링크 마법을 이용해 오크 전사에게 접근한 뒤, 헤이스트로 강화된 신체 능력을 이용해 그들의 목을 비틀었다.

일개 전사일 뿐인 오크들은 내 움직임을 쫓을 엄두조차 내지 못하고 그대로 혀를 빼문 채 쓰러졌다.

그렇게 고깃덩이가 되어버린 오크 전사의 시신 둘을 옆으로 밀쳐 내고 난 뒤, 나는 조심스럽게 앞에 보이는 경계선 너머를 살폈다.

"보이는 군."

어두운 산길이지만 직선주로로 이어진 길의 끝에 게우게스의 거점으로 보이는 거대한 구조물이 눈에 들어왔다.

블랙 오크의 컨트롤 타워답게 주변에 경계를 서는 전사들의 수도 상당했고 중심 길목에는 오크 메이지도 다수 보였다.

"결국은 화력 싸움이지."

마법사의 전투에서 적의 인원은 중요한 요소가 아니다.

적의 화력이 내 마법을 막아낼 수 있느냐, 없느냐가 가장 중요한 요소다.

메디우스는 이목을 자신에게 집중시키기 위해 의도적으로 난전이란 그림을 만들어야 했지만, 나는 그렇지 않았다.

내가 이곳으로 텔레포트를 이용해 접근했음에도 불구하고 아직까지 움직임을 눈치채지 못했다는 것은 적어도 주변에 내게 큰 위협이 될 만한 드래곤은 없다는 것을 의미한다.

마나의 흐름에 그 누구보다도 민감한 드래곤이라면 갑자기 이질적인 마법사의 기운이 불쑥 나타난 것을 최소한 인지는 했을 것이다.

내게는 그래서 텔레포트 이동 직후 두 가지 선택지가 있었다.

계획대로 공격하거나, 드래곤의 조짐이 보일 경우 신속하게 빠져나가는 것이었다.

하지만 다행히도 상황은 전자였다.

화르르르륵.

나는 오크들의 눈에 띄지 않는 사각지대에서 헬 파이어 구체를 만들어냈다.

일순간 엄청난 양의 마나가 빠져나가는 것이 느껴진다. 백마법의 힘이다.

헬 파이어를 전개하고 나면 순간적으로 마나가 빨려 나가면서 백마법을 사용하기가 어렵게 될 것이다.

하지만 내가 가지고 있는 어둠의 마나와 흑마법을 이용하면, 충분히 그 공백을 메울 수 있었다.

화르르륵. 화르르륵.

불길은 걷잡을 수 없이 점점 커졌다.

나는 내가 감당해 낼 수 있는 최대한의 한계치로 헬 파이어의 화염 구체를 이끌어냈다.

"……"

그렇게 이글거리는 지옥의 불길이 최대치에 도달하는

순간.

저 멀리서 무심히 이쪽을 바라보던 오크 메이지 하나의 두 눈이 휘둥그레졌다.

오크 전사들이 경계를 서고 있어야 할 곳에서 인간이 만들어낸 마법 구체가 활활 타오르고 있으니, 그럴 법도 했다.

"하앗!"

나는 온 힘을 다해 마법 구체를 거점의 중심으로 시전했다.

순식간에 빛의 마나가 모두 소진되며, 몸 전체에 강력한 쇼크가 오는 것이 느껴진다.

바로 정신을 집중하지 않았으면, 순간 아찔한 느낌에 정신을 잃었을지도 모르는 충격이었다.

화르르르륵!

쿠에엑! 쿠에에엑!

맹렬히 날아가는 지옥의 불길을 목격한 오크 전사와 오크 메이지들이 일제히 고함을 내지르기 시작했다.

그리고 앞을 다투어 게우게스가 있을 구조물을 향해 전력으로 질주했다.

시이잉! 지잉! 시잉!

그 와중에 게우게스의 사령실 앞으로 집결한 오크 메이

지들이 일제히 쉴드를 전개했다. 시전하는 그 자체만으로도 피를 토할 정도로 온몸의 마나를 극한으로 끌어올려 펼친 쉴드였다.

쿠아아아아아, 콰아아아앙!

거대한 불길이 거점을 덮치고.

검은 버섯구름이 그대로 하늘 높이 피어올랐다.

엄청난 열기가 사방으로 뻗어져 나갔고 그 열기에 휩쓸린 오크들이 비명 한 번 질러보지 못하고 그 자리에서 잘 익은 고깃덩이가 되어버렸다.

뜨거운 열풍에 오크 특유의 누린내가 순식간에 뻗어져 나갈 정도로 고온, 고압의 힘은 평지에 있던 모든 오크들을 휘감아 버렸다.

고지대이긴 했어도, 당연히 내게도 영향이 있었다.

블링크를 이용해 더욱 높은 지점으로 이동한 뒤, 쉴드를 전력으로 펼쳐 후폭풍의 영향을 비껴냈다. 하지만 살짝 쉴드 밖으로 삐져나와 있던 로브는 순식간에 너덜너덜한 천 쪼가리가 되어버렸다.

끼아아아악! 꾸에에에에엑!

여기저기서 돼지 멱따는 비명 소리가 터져 나왔다.

방금 전까지 긴장감이 감돌았던 이곳은 순식간에 아비규환의 전장이 되어버렸다.

나는 다른 곳으로 시선을 두지 않고 바로 게우게스의 사령실로 방향을 잡았다.

"텔레포트."

이 정도 거리는 별도의 캐스팅 시간도 필요 없다.

게우게스의 숨통이 끊어진 것을 두 눈으로 확인하고 그의 장신구에서 조각의 힘을 얻기 전까지는. 이 전투는 끝난 것이 아니었다.

크르르르륵…….

두 다리가 잘려 나가고 몸이 반 토막 난 상태에서도 숨이 끊어지지 않은 오크 메이지들은 어떻게든 사령실을 지키기 위해 내게로 손을 뻗었다.

하지만 쓸데없는 몸부림이었고 가벼운 매직 미사일 한 방에 오크 메이지들은 볏짚처럼 픽픽 쓰러져 갔다.

콰앙!

쿠훅! 쿠훅!

"역시 드래곤이 뒤를 봐주고 있는 게 맞았어."

사령실의 문을 박차고 안으로 들어서자, 검은 빛이 반짝이는 마나석을 들고 힘겹게 숨을 몰아쉬고 있는 오크 하나가 모습을 드러냈다.

그가 바로 오크 로드 게우게스였다.

뜻하지 않은 기습이었던 탓인지 부상이 심해 보였다.

이미 옆구리가 반쯤 잘려 나갔고 불길로 인해 한쪽 눈이 녹아내리고 없었다.

게우게스는 살기어린 눈빛으로 나를 노려보며, 연신 마나석을 어루만지고 있었다.

저 마나석의 역할은 일종의 구조 요청과 비슷하다.

아마도 저 마나석을 통해 지금 이곳의 상황이 투영됨과 동시에 블랙 드래곤의 알람 마법진을 쉴 새 없이 발동시키고 있을 것이다.

그나마 다행인 것은 검은빛이 반짝일 뿐, 검은 섬광이 쏟아져 나오지는 않고 있다는 것. 즉, 아직까지는 발동이 덜 된 상태라는 것이다.

쿠욱…….

하지만 게우게스가 온 힘을 다해 자신이 가지고 있던 힘을 마나석에 불어넣었고 빠르게 검은 마나석의 힘이 활성화되기 시작했다.

어차피 게우게스는 이 전쟁의 중요한 장기 말이 아니었다.

게우게스의 죽음으로 블랙 오크의 공세는 크게 줄어들겠지만, 블랙 오크가 사라진다고 해서 전쟁이 끝나지는 않는다. 오히려 그것보다 더 강한 적의 등장을 예고할 뿐.

투둑!

나는 가쁜 숨을 몰아쉬는 게우게스의 목에서 목걸이를 떼어낸 뒤, 숨을 헐떡거리는 게우게스를 향해 파이어 볼을 시전했다.

그것으로도 충분했다.

순식간에 상체 전부가 불길에 휩싸인 게우게스는 마나석을 끌어안은 채, 눈을 부릅뜨고는 숨이 끊어져 버렸다.

"열심히 도망칠 시간이군. 조각의 힘은 나중에."

목걸이를 손에 넣었으니 내 개인적인 목적은 달성했다.

큰 그림으로 봐도 임무는 완수다.

당장에 몇 초 후면 이곳에 블랙 드래곤이 나타나도 이상할 게 없는 상황.

나는 바로 텔레포트 마법진을 활성화시켰다.

거리가 멀어질수록 캐스팅 시간이 필요한 만큼 여유를 부릴 새는 없었고 일단 이곳을 먼저 빠져나갈 생각이었다.

*   *   *

거점이 쑥대밭이 되자, 각각 분산 되어 산맥 곳곳에 배치 되어 있던 오크들이 몰려들기 시작했다.

오크들의 시선이 닿지 않는 동굴로 빠르게 위치를 옮긴

나는 메디우스가 싸우고 있을 전선으로 장거리 텔레포트를 시전할 준비를 했다.

빛의 마나는 빠르게 회복 중이었으나, 텔레포트를 시전하기에는 다소 부족했다. 그러나 어둠의 마나는 충분했다.

백마법과 흑마법이 공존하는 힘.

이것이 내가 자신 있는, 그리고 이번 삶이 허망하게 끝나지는 않으리라 자신할 수 있는 무기였다.

거기에 아이거의 조각이 남긴 마지막 힘이 더해지면, 나는 자유자재로 백마법과 흑마법을 사용할 수 있게 될 것이다. 마나의 성질에 맞게 마법을 분류해서 사용하는 것이 아닌, 쉽게 말해서 마나의 근원을 남들보다 두 배로 가진 '마나가 풍부한' 마법사가 되는 것이다.

펄럭! 펄럭!

아주 잠깐이었지만, 저 멀리서 거대한 날갯짓의 소리가 들려오는 듯했다.

하지만 나는 굳이 시선을 두지 않은 채, 모든 정신을 텔레포트에 집중했다.

이제 계획의 첫 단추만 시작되었을 뿐이다.

제거해야 될 대상은 아직 하나 더 있었다.

*　　　*　　　*

"후우, 속이 텅텅 빈 느낌이군."

장거리 텔레포트를 하고 나니, 마나가 바닥이 났다.

아무리 하이클래스의 마법사라고 하더라도, 마나가 순간적으로 바닥난 상태라면 총알 없는 총을 들고 있는 군인이나 마찬가지였다.

그래서 항상 전장에서 마법사들은 자신의 마나 총량을 관리해 가며 싸운다.

정말 뒤도 안 돌아보고 싸워야 하는 상황이라면 모르겠지만, 그것이 아니라면 항상 30% 정도의 마나 여분을 유지한다.

그래야 어떤 상황에든 유기적으로 대처하며 전장을 이탈하거나, 위치를 조정하는 식으로 대응할 수 있기 때문이다.

그래서 실제로 국가 간의 전투에서는 의도적으로 난전을 유도해서 상대 전투 마법사들의 마나를 대량으로 소진시킨 뒤, 그들이 마법을 원활히 사용할 수 없는 틈을 타 어쌔신들을 보내 제거하는 전술도 종종 있었다.

마법으로 인해 소진되는 마나의 양은 자연적으로 회복되는 마나의 양보다 많기 때문에, 항상 마르지 않는 샘물처럼 몸 안에 마나를 보유하고 있는 것은 불가능했다.

물론 클래스가 상승하게 되면 그만큼 보유 가능한 마나

의 총량과 회복량이 늘어나는 만큼 상황이 달라지긴 하지만, 무한정 마법을 쓸 수 있는 예외적인 경우는 존재하지 않았다.

장거리 텔레포트는 그래서 위험한 마법이었다.

나라고 해도 일순간에 모든 마나를 소진해야 하는 마법이고 그래야만 캐스팅 시간이 줄어 빠르게 이탈이 가능해진다.

내가 방금 전의 그 전장에서 느긋하게 마나를 적당히 쓰면서 텔레포트를 쓸 생각을 했다면, 진작 마나의 흐름을 감지한 드래곤에게 제거를 당했을 것이다.

날갯짓 소리 한 번을 들었을 뿐이지만, 나는 확신할 수 있었다. 분명 현장에 나타난 것은 드래곤이었다.

"후우."

일단 여기서 잠시 휴식이었다.

우선 아이거의 조각을 마저 내 것으로 만든 뒤에 출발할 생각이었다.

자르가드의 대마법사 베르가디안은 비록 나와 메디우스와 한 클래스의 차이가 나는 8클래스의 흑마법사였지만, 그가 연성한 사이한 흑마법은 클래스의 차이를 충분히 메꿀 수 있을 정도로 강력한 것이었다.

베르가디안이 작정하고 수비만 하기로 마음먹는다면, 지

금의 내 실력으로도 공략에 애를 먹을 가능성이 있었다.

베르가디안은 '수성의 마법사'라는 별칭이 있을 정도로 방어전에 능했다. 때문에 그는 전장에 나타나는 일 자체는 많지 않았다.

이번 전쟁에서도 다수의 자르가드 마법사 전력이 전장에 투입됐지만, 베르가디안은 나타나지 않았다. 그는 공격보다 방어에 능한 마법사였고 그래서 전장에 있기보다는 자르가드 전역 곳곳에 방어를 위한 마법 시설들을 꾸리는 데 전력을 집중하고 있었다.

혹, 자국군이 패퇴해 스페디스 제국군이 역으로 밀고 들어오기 시작하면, 효과적으로 방어할 수 있도록 체계를 잡아놓은 것이다.

나와 메디우스가 그런 베르가디안을 반드시 제거해야겠다고 생각한 것은 어쨌든 이번 전쟁의 배후에 드래곤이 있고 드래곤의 사주와 지시를 받은 자르가드와 블랙 오크가 움직인 것이기 때문이다.

즉, 베르가디안은 이미 드래곤과 접촉을 한 것이다.

마도국 전체의 군 전력이 움직이는 전쟁인데, 그들의 핵심을 구성하고 있는 대마법사인 베르가디안이 내막을 모를 리가 없었다.

흑마법사와 블랙 드래곤은 가장 궁합이 잘 맞는 조합이다.

블랙 드래곤은 용언 마법을 씀과 동시에 인간이 사용하는 흑마법도 사용할 수 있었는데, 좀 더 자세하게 보자면 마족과의 계약을 이용해 사용하는 정통 흑마법이었다.

보통 흑마법사가 구현해 내는 흑마법의 수위는 계약된 마족의 지위나 실력이 어느 정도냐에 따라 갈리는데, 인간 흑마법사는 아무리 좋은 마족과 계약을 한다손 치더라도 한계가 있었다.

하지만 드래곤은 얘기가 다르다.

마족과의 계약도 주인과 하수인의 개념이 아닌, 동급의 존재로서 동등한 계약을 맺는다.

만약 그런 식의 안배를 블랙 드래곤이 베르가디안에게 해줄 수 있다면, 그는 지금까지와는 전혀 다른 흑마법사로서 거듭나게 된다.

다행인 것은 아직까지 베르가디안에게 변화가 없다는 것이고 드래곤도 수면 위로 모습을 드러내지 않았다는 것이다. 즉, 나와 메디우스의 판단으로는 베르가디안이 블랙 드래곤의 도움을 받아 흑마법사로서의 능력을 각성하기 전에 제거하는 것이 옳다는 판단이었다.

게우게스와 베르가디안이 죽으면, 언제까지고 블랙 드래곤이 뒤에서 그들을 조종할 수는 없게 된다.

중심축이 무너진 이들을 붙잡으려면 드래곤들이 전면에

나서야 하고 그렇게 되면 스페디스 제국뿐만이 아니라 신성 제국 연합 전체 차원에서도 대응 태세를 갖출 수가 있다.

국가 간의 전쟁이 아닌 종족 간의 전쟁으로 발전하는 것이다.

드래곤이 아무리 고결하고 강한 힘을 지닌 존재라고는 해도, 지금껏 인류의 역사를 통틀어 대륙 전체를 지배했던 적은 단 한 번도 없었다.

투쟁의 역사는 매번 반복됐고 그때마다 수많은 사람들이 죽어나갔지만 종국에 이르러서는 평화가 찾아왔다.

물론… 이번의 역사는 다르다.

앞서 경험한 수많은 삶 속에서 나는 번번이 드래곤에게 최종 전투에서 죽임을 당하곤 했다.

마법사로서 오를 수 있는 가장 최고의 경지에 다다랐음에도 드래곤에게 죽임을 당했다는 것은 내가 죽고 난 이후, 그 세계의 미래가 더 암담했을 가능성이 높음을 뜻한다.

왜냐하면 나도 최대한 버티고 버티며 드래곤들에게 대항하다가, 결국 피할 수 없는 막다른 곳까지 밀려 최후를 맞이했던 것이니까.

인류의 드래곤에 대한 투쟁의 역사는 늘 평화로서 끝이 났지만, 앞서의 역사 중에서 블랙 드래곤이 등장했던 적은 단 한 번도 없었다.

블랙 드래곤에 비하면 가장 많은 전쟁을 치렀던 레드 드 래곤이나 블루 드래곤은 차라리 차분한 쪽에 속했다. 블랙 드래곤은 호전적인 데다가 잔인하고 또한 냉정하며 신중했 다. 더 나아가 인간을 함부로 얕보지도 않기 때문에, 앞뒤 생각 없이 덤비지도 않는다.

보통의 드래곤에게 있어 인간은 인간 '따위'에 불과한 시각이지만, 블랙 드래곤에는 다르다. 그들은 인간을 이용 할 줄 알고 인간이 가진 종족 특유의 두려움과 공포감을 잘 이용할 줄 알았다.

그리고 지금의 전쟁처럼 주변의 상황을 이용해, 인간들 서로가 싸우게 하는 방법도 알았다.

"베르가디안이 블랙 드래곤의 꼭두각시가 되는 꼴은 볼 수가 없지."

나는 입술을 질끈 깨물며, 자리를 잡고 자리에 앉았다.

그리고 내 앞에 게우게스로부터 빼앗은 아이거의 조각을 조심스럽게 내려놓고는 늘 그랬듯이, 조각에 봉인된 아이 거의 힘을 해제하는 주문을 외우기 시작했다.

샤아아아.

밝은 불빛이 조각의 틈을 타고 빠져나온다.

달빛조차 없는 새까만 어둠 속이라 그 빛은 평소보다 더

밝게 느껴졌다.

다행히 이곳은 인적이 전혀 없는 깎아지른 돌산의 중턱에 깊숙하게 나 있는 동굴 속이었다. 빛이 조금 새어 나간다고 해서 문제될 것은 전혀 없었다.

봉인이 빠르게 해제되며 빛은 더욱 밝아진다.

나는 입을 벌리기 시작한 아이거의 조각 속에서 서서히 밀려 나오는 무언가를 발견할 수 있었다. 붉게 이글거리는 기운. 그것이 바로 아이거의 힘이었다.

쫘악!

망설일 것도 없이 나는 바로 그 힘의 근원을 움켜쥐었다.

그 순간, 열화(烈火)에 휘말린 듯한 엄청난 기운이 전신을 감싸고 참을 수 없는 고통이 발끝에서부터 머리까지 밀려 올라왔다.

"크윽!"

매번 겪는 고통인데도 익숙해지는 게 참 쉽지가 않다.

언제 어떤 식으로 어떻게 고통이 이어질지 알고 있기 때문에 때로는 기분이 나빠지기도 한다.

나는 입을 굳게 다문 채, 두 주먹을 꽉 쥐고 모든 고통을 그대로 버텨냈다.

뻔한 이야기지만 여기서 정신이라도 놓았다가는 백치가 되는 것은 한순간이다.

정확한 시기는 기억나지 않지만 56번째 삶이었던가.

그때는 아예 각성 중에 백치가 되어버리는 바람에 언제 어떻게 죽었는지 기억이 안 나는 삶도 있다. 기억 상실처럼 '내가 언제 죽었지?' 하고 다음 삶을 시작하기 위해, 그의 앞에 섰던 기억도 있단 얘기다.

나는 묵묵히 고통을 참아냈다.

몸 전체가 뜨거워졌다가 차가워지기를 반복하며, 마나 로드의 흐름을 쉴 새 없이 자극한다.

그 자극이 전해질 때마다 손에 움켜쥐고 있는 근원의 기운이 마나 홀 속으로 자연스럽게 흡수되어 갔다.

점점 더 커지는 마나 홀과 점점 더 넓어지는 마나 로드, 그리고 지금까지 내가 부릴 수 있었던 마법 그 이상의 위력을 가져다 줄 수 있을 것 같은 파괴적인 힘이 느껴진다.

―좋아.

아이거의 목소리가 들린다.

웬만해선 반가운 목소리가 아닌데, 고통을 참아내며 힘을 재배열하는 와중에 아이거의 목소리를 들으니 힘이 난다.

나는 더욱 정신을 집중해서 조각의 힘을 조금도 놓치지 않고 내 것으로 만드는 데 주력했다.

그렇게 고통에 신음하고 버티며, 변화를 만들어내기를

10분여.

나는 마침내 아이거의 조각이 가진 모든 힘을 내 것으로 온전히 만들 수 있었다.

내 머릿속에 그리고 있던 마법적인 성장, 그 마지막 퍼즐을 끼워 넣는 순간이었다.

*   *   *

"하아."

거대한 변화가 끝났다.

온몸의 힘이 썰물처럼 빠져나가고 나도 모르게 차가운 동굴 바닥에 그대로 드러누워 버렸다.

힘이 들어가지 않는 두 다리는 지면을 지탱하고 있을 수 없었고 나는 가쁜 숨을 몰아쉬며 터져 나갈 듯한 심장을 달랬다.

─끝났군.

"그래, 끝났다. 이제 네 힘을 모두 회수했다."

─마침표를 찍었다고 하니 시원섭섭한 느낌인데.

"이제 시작일 뿐이야. 하아. 하아."

나는 한참을 누운 상태로 계속 심호흡을 했다.

확실히 달라진 몸이 느껴진다.

9클래스에서도 클래스 안에 존재하는 차이가 있다.

변화가 있기 전, 내가 몸으로 느낀 클래스가 9클래스라는 빙산의 10% 정도를 보고 있었던 느낌이라면, 지금은 90%였다.

10%가 부족한 이유는 그 10%를 채워 넣으면, 인간으로서는 절대 다다를 수 없다는 10클래스가 되기 때문이다.

10클래스의 삶은 경험해 본 적도, 느껴본 적도 없다. 그저 이론상으로 존재하는 클래스로만 알고 있을 뿐이다.

어쨌든 조각을 모두 얻음으로써 나는 내가 마법사로서 끌어올릴 수 있는 최대치까지 힘을 끌어올렸다.

여기서 좀 더 회복의 시간을 가진 뒤, 메디우스와 약속한 다음 지점으로 이동할 생각이었다.

거기서 타이밍을 잡은 뒤, 이제 다음 사냥감인 베르가디안을 노린다.

지금은 내가 뭔가를 하고 싶어도 할 수 없고 그럴 필요도 없는 시간이었다.

자유 시간인 셈이다.

"아이거."

─뜬금없이 이름만 불러주니, 괜히 설레는군.

"네게 흑마법사의 몸이 주어진다면 어떨까? 이를테면 8클래스의 마법사 같은, 그런 것 말이야."

—허어……? 몸을 준다고?

충동적으로 든 생각은 아니었다.

베르가디안을 제거할 계획을 세우던 그 시점부터 아이거에게 육신을 되찾아주는 일에 대해서 생각해 보지 않았던 것은 아니었으니까.

아니나 다를까.

아이거는 자신에게 육신이 주어질지도 모르는 나의 뜬금없는 대화에 호기심이 가득 찬 하이톤의 어조로 내게 되묻고 있었다.

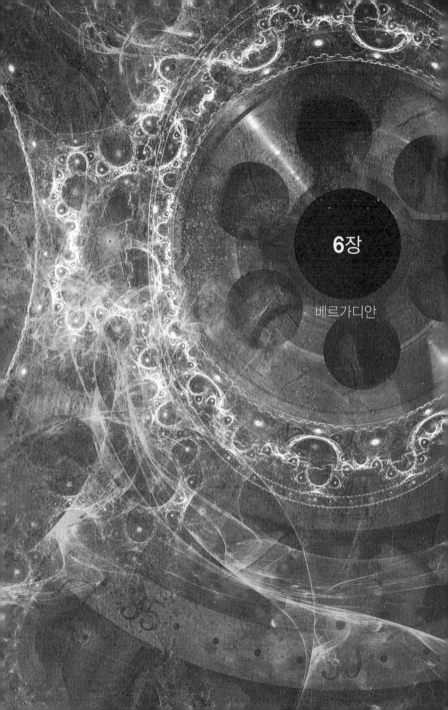

6장

베르가디안

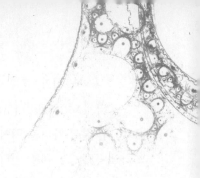

"좀처럼 자주 오는 기회는 아니지. 하지만 아이거, 너도 알다시피 우리는 베르가디안을 노리고 있다. 8클래스의 흑마법사. 이 정도면 네가 컨트롤하기에도 어렵지는 않을 텐데."

살아생전에 괴짜 대마법사였던 아이거다.

그가 지금은 비록 나에게 구속된 영혼으로서 본의 아니게 주종 관계 비스무리한 상황이 되어 있지만, 마법사의 입지로서 놓고 본다면 그 역시 마법 역사의 한 축을 차지할 만한 대마법사였다.

─흑마법이라. 후후, 갑자기 가슴이 두근거리는데.

"네게 빼앗았던 자유를 되돌려 주고 새로운 삶을 주는 일이지. 결코 가벼운 일이라 할 수 없어."

─클클클. 나를 믿나? 육신을 얻는 즉시 널 배신할지도 모르는데. 혹은 함께하는 척하다가, 나중에 결정적인 상황에 비수를 꽂을지도 모르지.

아이거는 날이 바짝 선 목소리로 내게 말했다.

차라리 자신의 입으로 직접 그런 가능성을 얘기하니 오히려 반대로 들린다. 대놓고 좋은 내색을 할 수는 없으니, 일부러 비틀어서 말하는 느낌이랄까.

물론 그럴 가능성을 배제하고 있는 것은 아니다.

하지만 솔직하게 말하자면 나는 자신이 있다. 아이거가 설령 8클래스 마법사의 몸으로 나를 전력을 다해 공격한다 하더라도, 그를 이길 자신이 있다.

게다가 아이거의 입장에서는 새롭게 육신을 얻어 시작된 삶이 나와의 반목으로 인해 끝난다면, 결국 그에게도 삶의 끝인 셈이다.

과거처럼 어떤 아티팩트나 누군가의 정신 속에 공존할 수 있는 가능성은 전혀 없다. 그때는 정말 단어가 가진 의미 그대로의 죽음인 것이다.

"그렇게 될까?"

―그럴… 지도? 그럴 수도 있지.

아이거가 말을 애매하게 흐린다.

아무리 싸움 구경이 재밌다고는 해도, 왕년에 한 싸움을 해봤던 사람이라면 주먹이 근질근질해지게 마련이다.

지금껏 아이거와 함께 공존해 오면서 나는 아이거가 나를 통해 펼쳐지는 마법사의 삶에 매우 큰 흥미를 가졌고 그로 인해 내게 동화되었다는 사실을 오히려 즐겁게 생각하는 듯한 인상을 강하게 받았었다.

즉, 나로 인해 구현된 마법들, 전투들을 보면서 아이거 역시 자신이 마법사로 활약했던 과거, 그때에 대한 갈망과 열정을 불태우고 있음을 눈치챘던 것이다.

"예, 아니면 아니오로 말해. 아이거, 너는 그렇게 애매한 대답을 하는 사람이 아니지."

―솔직하게 말할까? 좋다. 원한다. 육신이 있었으면 해. 그것도 마음껏 마법을 쓸 수 있는 몸으로 말이야. 베르가디안이라는 8클래스의 흑마법사라면, 이 아이거의 몸으로 나쁘지 않지. 만족스럽진 않겠지만 불만이 있을 정도는 아닐 것이다.

"방법을 알아야 해. 온전히 그 안의 영혼만 벗겨내고 새로운 영혼을 주입할 수 있는 방법 말이야. 그건 내게는 없는 지식이다. 오로지 네게 있는 지식이야."

─후후, 나의 존재 이유이기도 하지. 널 만나지만 않았더라도 지금 이렇게 새로운 몸을 얻게 된 것을 기뻐해야 될 상황은 아니었을 텐데. 쩝.

아이거는 못내 아쉬운 듯, 입맛을 다셨다.

그리고 두어 번 정도 길게 한숨을 내쉬더니, 할 말을 정리한 듯 이어서 말을 붙였다.

─8클래스 정도 되는 마법사라면 마법 대 마법의 대결로 빈틈을 만들어내는 것은 쉽지 않아. 다시 말해서 목숨을 빼앗을 수는 있어도 정신을 제압하는 것은 쉽지 않다는 거다. 마법사가 가진 힘의 근원은 마나야. 핵심은 이 마법사가 가진 마나를 완벽하게 걷어낼 수 있는가다.

"좀 더 쉽게 설명할 수 없나?"

짧게 말을 끊는 평소 스타일과 달리, 구구절절 이야기를 늘어놓는 아이거의 반응에 나는 아이거를 좀 더 채근했다.

─마법사가 되는 순간, 그 마법사에게 마나 홀은 심장과도 같은 것이 된다. 사람이 심장을 멈추게 하면 죽듯이, 마법사에게 마나홀이 죽는 것은 마법사로서 정신적인 죽음과 같다. 우리에겐 상상 이상의 마나가 존재하지. 네가 가진 빛의 마나, 어둠의 마나로 베르가디안이 가진 마나 홀에 대한 통제권을 가져오는 거다.

"그 상태로 거슬러 올라가, 정신을 제압한다?"

―그렇지. 그렇게 되면 마법사로서의 핵심인 마나 홀을 파괴하거나 없애지 않고도 그를 통제할 수 있어진다. 그러기 위해서는 접근전이 필요하고 서로에게 마나를 밀어 넣으며 강제로 힘을 걷어내는 과정이 필요하다.

"음, 이해는 어느 정도 가네."

나는 고개를 끄덕였다.

쉽게 말해서 베르가디안과 마법 대 마법의 원거리 전투를 펼치는 것이 아니라, 아예 달라붙어서 두 손을 맞잡은 뒤 자신의 마나를 상대의 몸속에 밀어 넣는, 이른바 역류(逆流)를 시도하라는 것이다.

자신의 몸에 다른 존재의 마나가 들어오면, 사람이 자신과 맞지 않는 피에 거부 반응을 보이듯이 자신이 가진 마나의 힘이 급격하게 흔들리기 시작한다.

그때 마나 로드를 쭉 타고 들어가 베르가디안의 마나 홀을 장악한 뒤, 그대로 정신을 제압하여 순식간에 내 것으로 만들라는 이야기였다.

―정신 속에 빈틈을 만들어내면 나는 바로 들어갈 수 있다. 네게 시도하려고 했던 그 방법처럼.

"그렇게 하면 베르가디안의 영혼이 네 몸속에 공존하게 될 텐데?"

―그렇겠지. 지금의 너와 나처럼. 나와 베르가디안이 되

겠지.

"빈틈을 만들어내는 것까지가 내 임무로군. 그다음은 네 몫이고."

―도둑이 빈집을 터는 건 숨을 쉬는 것만큼이나 쉬운 일이야. 중요한 건 빈집으로 만드는 능력이지. 그 역할을 네가 하면 된… 다.

아이거의 목소리가 미세하게 떨렸다.

수백 년을 갇혀 지냈던 아이거다.

당연한 반응이었다.

"좋아, 그럼 슬슬 준비를 해볼까."

이러니저러니 해도, 시도를 하려면 결국 베르가디안을 만나야 한다.

베르가디안의 별칭인 '수성의 마법사'라는 그의 페이스에 말려들지 않으려면, 전투 초반에 끝을 내야 한다. 최대한의 화력으로 단시간에 승부를 보는 것이다.

―모든 정신을 집중하고 있도록 하지.

"얼마든지."

아이거는 정신 속, 심연의 깊은 곳으로 사라졌다.

이제부터는 시간 싸움이다.

"후우."

심호흡과 함께 모든 정신을 집중하고.

나는 메디우스와 합류하기로 한 포인트로 이동할 텔레포트 마법진을 활성화시키기 시작했다.

　여전히 하늘은 새까맣고 어두웠다. 달빛 하나 없는 음침한 밤이었다.

＊　　＊　　＊

　"게우게스는?"

　"제거했습니다. 제 예상이 맞다면 얼마 안 되어서 블랙 드래곤이 현장에 도착했습니다. 헬 파이어를 직접 보지는 못했으니 완벽한 확신까지는 못하겠지만, 최소한 7~8클래스의 마법사가 왔다 갔음은 인지할 겁니다."

　"후후, 태연하구나. 드래곤의 날갯짓 소리라도 들었으면, 아무리 마법사라고 한들 간담이 서늘해졌을 텐데."

　"어차피 죽거나 아니면 살거나. 둘 중 하나니까요."

　나는 메디우스의 말에 태연히 답했다.

　드래곤과 직접 마법을 주고받으며 싸워본 적도 있는 마당에 날갯짓은 대수로운 것도 아니다.

　하지만 메디우스의 말처럼 드래곤에 대해 수업을 받으며 수많은 이야기를 듣고 오랜 기간을 보내온 마법사들에게도 드래곤은 두려움의 대상이었다.

드래곤이 남기고 간 발자국만 봐도, 어디서 드래곤이 나타날지 모른다며 몸을 부르르 떨게 마련이었으니까.

"블랙 오크들의 기세가 한풀 꺾이겠구나. 당장에 뒤도 안심할 수 없게 되었으니."

"더 몰아붙이면 좋은 기회가 나올 것 같습니다."

"그래, 준비하자꾸나. 다음 장소는 이곳이다."

"이곳이 베르가디안의……?"

"현재 위치다. 제국의 정보력이 생각보다 꽤 괜찮거든. 껄껄."

메디우스가 가리킨 곳은 마도국 자르가드의 남서쪽에 위치한 도시 상트였다.

왜 베르가디안이 상트에 와 있는지는 짐작이 갔다.

이 전쟁에서 자르가드가 열세로 바뀌어, 반대로 스페디스 제국군이 공격을 하게 되었을 때. 가장 먼저 노리게 될 곳이 상트시이기 때문이다.

직선거리로 놓고 보자면 스페디스 제국의 동쪽, 자르가드의 서쪽에 위치한 산맥을 넘는 것이 가장 빠르지만 문제는 험준한 산길과 혹독한 추위였다.

상트시는 산맥의 끝자락, 평지에 위치해 있기 때문에 이쪽을 이용해 공략하면 산을 넘지 않아도 얼마든지 공격이 가능했다.

게다가 이미 산맥은 아주 오래전부터 자르가드군이 수많은 함정과 방어 시설을 구축해 놓았기 때문에 스페디스 제국군 입장에서는 진공하기에 매우 까다로운 장소라 할 수 있었다.

지금 스페디스 제국이 블랙 오크의 북진을 막기 위해 필수 이동 통로였던 보가트 요새에 온 힘을 쏟아부었듯이 베르가디안도 상트시에 와 있는 것이다.

여기가 방비가 확실하게 된다면, 스페디스 제국 입장에서는 육로로 자르가드를 공격하기가 매우 껄끄러워지게 된다. 해로로 공격하기에는 우회로가 상당히 길고 보급로가 길어져 위험 요소가 많았다.

"잠입 자체는 어렵지 않겠군요. 날이 밝기 전에 승부를 보는 것이 좋을 것 같습니다, 스승님."

"내 생각도 같다. 이곳에 군용 텔레포트 마법진이 있으니, 아마 그 근처에 주둔처가 있을 거다."

"여기로 하겠습니다."

나는 지도 속에 그려진 한 건물을 가리켰다. 제단이었다. 메디우스도 동의의 끄덕임으로 답을 대신했다.

"스승님."

"음?"

"베르가디안의 처리는 제게 맡겨주십시오. 베르가디안

을 죽이지 않고 이용할 만한 계책이 제게 있습니다. 설명은 그 이후에 드리겠습니다."

"죽이지 않고 이용한다? 설마……."

메디우스의 눈빛이 흔들렸다.

죽이지 않고 상대를 내 맘대로 이용, 그러니까 조종할 수 있는 방법은 하나밖에 없다. 정신을 제압하는 흑마법을 사용하는 일이다.

"자세한 설명은 그 이후에. 절 믿고 맡겨주십시오."

"이제 와서 못 믿을 것은 또 무엇이겠느냐. 우선 가자. 네가 허언을 할 리는 없으니."

"감사합니다."

메디우스는 빠르게 상황을 받아들였다.

내가 아무 이유 없이 말을 꺼냈을 것이라고는 생각지 않는 모습이다.

그것이 메디우스와 나 사이에 있는 굳건한 믿음이기도 하고 동시에 메디우스가 내게 가지고 있는 호기심이기도 했다. 이미 나를 통해 불가능을 가능으로 만들었던 가장 중요한 사건을 보지 않았던가.

위잉— 위잉—

모든 정신을 집중하고 마나의 흐름을 가속시키자, 발밑으로 활성화된 장거리 텔레포트 마법진이 거친 바람 소리를 내기 시작했다.

나는 메디우스와 눈빛을 주고받았다.

텔레포트가 완료되는 즉시, 바로 이동이다.

*　　　*　　　*

파아아아앗!

허물어졌던 공간이 재조합되고 나와 메디우스는 상트시의 제단에 모습을 드러냈다.

어두운 새벽. 제단은 조용했다.

팟. 파팟.

나와 메디우스는 양쪽으로 블링크를 전개하며 흩어졌다.

내가 흑마법사 베르가디안이라면.

방비를 강화하기 위해 이 도시에 왔다면.

그리고 그 목적이 수성을 위한 것이라면.

첫 번째 점검 요소는 이유불문하고 마법사단이었다.

최고급 전투 전력으로 분류되는 전투 마법사들은 수성에 있어서만큼은 정말 일당백도 가능한 집중된 화력을 일거에 뿜어낼 수 있기 때문이다.

나와 메디우스가 찾는 것은 바로 그런 마법사들의 주둔지였다.

현대전과 다르게 이 세계의 전쟁이 가지고 있는 가장 큰 약점은 바로 실시간 정보 전달이 부족하다는 점이다.

통신석을 통해서는 전달할 수 있는 말이 매우 제한적인 데다가, 통신석 자체가 단가가 비싸 함부로 쓸 수가 없었다.

통신석 하나를 제작하려면 이를 제작하기 위한 마나석과 마법사들의 세공, 그리고 제작 장인의 끊임없는 제련이 필요했는데 그렇게 통신석 하나를 만드는 데 반년이 걸린다.

모든 물건의 가격은 그 물건을 만들기 위해 투자한 비용과 시간에 맞춰 매겨지게 된다. 때문에 통신석은 매우 귀한 물건이었다.

그래서일까?

상트시는 생각보다 조용해 보였다.

이미 모르고스 산맥에서 게우게스가 죽었고 마도국 자르가드를 떠나 보가트 요새 방면으로 향하던 전투 마법사단이 메디우스의 기습을 받아 궤멸됐다.

물론 메디우스가 한 무리의 마법사들을 단번에 저승으로 보낸 덕분에 소식을 전달할 틈도 없이 사라지긴 했지만, 그래도 너무 평온해 보였다.

실시간으로 이루어지는 정보전이 안 된다는 것.

그것은 이 세상의 가장 큰 약점이었다.

때문에 9클래스의 마법사, 혹은 드래곤이 순식간에 먼 거리를 텔레포트로 넘나들며 공격하는 게 매우 위협적인 것이 된다. 이미 상황을 인지하고 병력을 파견했을 때는 현장을 떠나고 난 뒤니까.

'찾았다.'

그렇게 얼마나 진영을 살피고 다녔을까.

노리고 있던 상대가 눈에 들어왔다.

흑마법사 베르가디안.

그는 휘하의 전투 마법사들과 방어 시설들을 점검하고 있었다. 그중에는 마나석 주입이 끝나, 이제 시동을 걸고 마나석의 기운이 전체를 휘감도록 세팅만 하면 끝나는 방어 시설들도 꽤 있었다.

파팟.

살짝 일어난 공간의 비틀림과 함께 내 옆으로 메디우스가 나타났다.

경로는 다르게 움직였지만, 역시 우리의 생각은 비슷했다. 마법사들이 있을 만한 곳을 동시에 찾은 것이다.

"시간을 더 주었다가는 나중에 여기서 꽤나 많은 아군이 죽어나갈지도 모르겠구나."

"동감입니다. 하루라도 늦었으면, 저것들도 저희의 적이 될 뻔했습니다."

마법 방어 시설은 엄청 까다롭다.

마법사들보다 더 강력한 마법이 그대로 딜레이 없이 거의 폭격에 가까운 수준으로 쏟아지기 때문에 일반 병사들은 순식간에 가루가 되기 십상이었다.

애초에 마나석 자체는 마나량이 많지 않지만, 문제는 이 마법 방어 시설에 마법사들이 붙어 마나를 주입하기 시작하면 거의 난사에 가깝게 마법이 쏟아진다는 것이다.

베르가디안은 저런 식으로 마법 방어 시설을 이용한 방어 체계 구축에도 능한, 마법 공학자이기도 했다. 여러 가지로 껄끄러운 놈이다.

"베르가디안은 제가 맡겠습니다. 다른 마법사들을 부탁드립니다."

"알았다. 시끌벅적한 등장도 나쁘지 않겠단 생각이 드는구나."

메디우스는 계획을 다시 한 번 정리한 듯, 고개를 끄덕였다.

나는 베르가디안에게로 시선을 집중했다.

─저 녀석인가⋯⋯.

기대 반, 걱정 반이 섞인 아이거의 떨리는 목소리가 들려온다.

괜찮은 듯 얘기했지만, 나는 알고 있었다. 아이거가 얼마나 새로운 육신을 꿈꾸어 왔는지를.

파아앗!

그 순간, 메디우스의 모습이 사라졌다.

그리고 한 줄기 섬광과 함께 눈으로 보면 점으로 보일 듯한 저 멀리서 다시 모습을 드러냈다. 그곳은 마법사들과 병사들이 한데 뭉쳐 있는 주둔지였다.

"아이거, 준비됐나?"

—밥상만 차려라. 다음은 내가 알아서 할 테니.

"좋아, 그럼 간다."

준비는 끝났다.

나는 다시 한 번 베르가디안의 모습을 눈에 담았다. 그가 보인다. 검은 로브를 뒤집어쓰고 심각한 표정으로 시설들을 둘러보고 있는 그의 모습이.

지잉. 지잉. 지잉. 지잉.

일순간 끌어올린 마법의 힘이 단거리 텔레포트 마법진을 활성화시키고.

파팟!

이동음과 함께 나의 위치도 바뀌었다.

*   *   *

파앗!

"……"

텔레포트 이동은 정확했다.

순간적으로 정신 집중이 잘된 덕분인지, 내 앞을 둘러싼 공간이 재조합되었을 때, 나는 베르가디안으로부터 2m도 채 떨어지지 않은 위치에 도착해 있었다.

"블……!"

"헤이스트."

콰악!

베르가디안은 나와 눈이 마주치자마자 바로 블링크를 전개하려고 했다.

마법사에게 있어 근접전은 매우 까다로운 전투다. 자기가 전개한 마법에 자기가 피해를 입을 수도 있고 무엇보다 캐스팅에서 시전까지 이어지는 절대 시간 동안 공격을 당하게 되면 무력해지고 만다.

하지만 블링크는 완벽하게 주문이 발동되기 전까지 약간의 텀이 있었다.

그래서 나는 즉발로 시전이 가능한 헤이스트 마법을 전개한 뒤, 바로 베르가디안의 로브 끝자락을 손으로 붙잡았다.

이렇게 되면 두 가지 경우가 발생한다.

끌어올린 마나량이 많다면 손으로 붙잡은 상대까지 함께 블링크가 되지만, 그렇지 않다면 마법 자체가 캔슬되고 만다.

이동하기로 된 중량의 설계를 초과했기 때문에, 마법 자체는 발현됐으나 적용이 안 되고 마는 것이다.

츠앗.

결과는 후자로 나왔다.

순간적인 대응이 빠르긴 했지만, 베르가디안은 충분히 자신 혼자서 블링크로 빠져나갈 수 있는 그림을 생각했던 모양이었다.

그럴 만도 했다.

내가 어떤 실력을 가지고 있는 상대인지 전혀 가늠할 수 없었을 테니까.

이 정도의 접근은 텔레포트 마법 시전이 가능한 6클래스의 마법사도 할 수 있는 것이기 때문이다.

블링크는 발현되었으나, 조건이 맞지 않아 캔슬되었으니 베르가디안에게는 피할 수 없는 절대값의 딜레이가 생겼다. 즉, 지연이다. 다음 마법을 시전하기까지 아주 찰나의 공백이 생겼다.

화악!

나는 그대로 오른팔에 파이어 볼 구체를 소환했다.

위력은 약하지만, 즉발성으로 만들어낼 수 있는 좋은 공격 마법이기도 하다.

"……!"

베르가디안의 두 눈에 당황한 기색이 역력했다.

그 스스로도 인지하고 있을 것이다. 이 마법은 맞을 수밖에 없다. 쉴드를 끌어올리기에도 시간이 안 맞는다.

화르르륵!

내 손을 떠난 화염구체가 그대로 베르가디안에게 향하고.

나는 아직 남아 있는 헤이스트의 기운을 이용해 빠르게 뒤로 빠져나왔다.

"크아아아아아악!"

적중이었다.

베르가디안의 가슴팍에 적중한 파이어 볼은 그대로 거센 마법의 불길을 만들어냈다.

1클래스의 기본 화염 마법에 당하는 8클래스의 마법사.

있을 수 없는 일처럼 보이지만, 그건 오산이다.

단지 하이 클래스의 마법사일수록 이런 기본 마법을 가진 상대와 노출될 기회가 적어질 뿐이다. 마치 드래곤을 상대하기 위해 1클래스의 마법사가 달려들 일이 거의 없는 것처럼.

나는 베르가디안의 블링크가 시전 판정을 받았다는 것을 바로 인지했기 때문에 예측된 빈틈을 노린 것이다.

여기서 내가 좀 더 화력을 올리겠답시고 파이어 월이라던가 아주 미세한 딜레이가 있는 매직 미사일을 사용했으면, 베르가디안은 바로 쉴드를 펼쳐 막아냈을 것이다.

하이클래스의 마법사 사이의 전투는 두 가지 양상으로 나뉜다. 초장기전 혹은 초단기전.

나는 후자를 노릴 생각이었다.

이미 약점은 베르가디안이 노출했고 이어진 공격으로 또다시 빈틈이 생겼다. 여기서 사냥감을 이빨로 굳게 문 맹수처럼 끝까지 놓아주지 않아야 매듭이 지어진다.

―깔끔한 상태까지는 힘들겠군.

아이거도 얼추 내 다음 스텝을 예상했는지 안타까움이 담긴 목소리를 토해냈다.

"마나 쉴드."

나는 바로 마나 쉴드를 끌어올렸다.

베르가디안은 그래도 전장에서 뼈가 굵은 마법사였다.

그는 상체를 휘감은 불길에 비명을 내지르면서도, 어떻게든 내게서 시선을 놓지 않기 위해 노력하고 있었다. 하지만 아직까지 마나의 힘이 남아 있는 파이어 볼의 불길은 여전히 그의 시야를 가리고 있었다.

살짝 시선을 돌리니 메디우스가 난전을 벌이고 있다.

사방에서 불기둥이 솟구치고 불바람이 몰아치니, 베르가디안이 어떤 상황인지 자르가드의 마법사들이 인지하기에는 시간이 좀 더 필요할 것이다.

다만 점점 가까워지는 듯한 수많은 기운의 향연들이 내게 그리 긴 시간이 허락되지는 않고 있음을 말해주고 있다.

"라이트닝 스트라이크!"

나는 5클래스의 마법 라이트닝 스트라이크를 바로 베르가디안에게로 시전했다.

거의 끗발이 다한 헤이스트 마법의 남은 추진력을 이용해 베르가디안의 정면으로 붙었고 그에게서 타오르고 있는 파이어 볼의 불길을 쉴드로 받아내며 강력한 전류 공격을 가했다.

"으끄끄끄끅!"

쉴드를 펼치지 못한 마법사에게 전류 공격은 매우 치명적인 공격이다. 마법사의 신체라고 해도 사람과 다를 것이 없고 고통의 매커니즘은 똑같기 때문이다.

이 정도면 충분했다.

지금 베르가디안은 몸 전체를 휘감은 고압의 전류를 몸으로 버텨내는 것을 생각하기에도 벅차다.

가슴 언저리에서 타오르는 불길의 고통은 조금이라도 새

어 나올 수 있는 다른 가능성들을 완벽하게 차단하고 있다.

"블링크."

나는 바로 베르가디안의 몸 뒤로 이동했다.

그리고 지체할 것 없이 바로 베르가디안의 양손을 잡았다.

내 몸을 둘러싸고 있는 마나 쉴드가 그에게서 타고 흘러들어오는 전류를 막아주고 등 뒤에서 불어오는 바람이 불길의 열기를 반대편으로 보내고 있다.

"······!"

나는 모든 정신을 집중하고 바로 베르가디안의 몸으로 마나를 밀어 넣었다.

흑마법의 기운, 어둠의 마나가 신속하게 그의 몸을 잠식해 들어간다. 그가 고통에 여러 번 몸부림을 치지만, 내게는 고려 대상이 아니다.

이내 벽에 부딪힌다.

베르가디안의 체내에 존재하고 있는 마나가 거부 반응을 일으켜 내 마나를 밀어내려고 한다.

바로 그때.

나는 빛의 마나를 밀어 넣기 시작했다.

그러자 앞서 들어갔던 어둠의 마나가 탄력을 받으며, 다시 힘 있게 베르가디안의 마나를 밀쳐 내기 시작했다.

"끄읏! 읏! 으으읏!"

베르가디안이 더욱 몸부림쳤다.

고통의 와중에도 자신이 어떤 상황에 처해 있는지 깨달은 것이다.

잠식, 통제.

더 이상 자신의 육신이 자신의 것이 아니게도 될 수 없는 상황이 벌어지고 있었으니까.

하지만 인지했을 때는 이미 늦었다.

"후우!"

내가 뜨거운 숨을 토해내며, 다시 한 번 마나의 힘을 묵직하게 밀어붙였다.

그러자 느껴지는 손끝의 마법, 그 기운이 거대한 어딘가로 쑥 하고 밀려들어가는 느낌이 들었다.

마나 홀을 장악한 것이다.

―조금 더.

아직 빈틈이 모자란 모양이다.

아이거의 대화를 전해 들은 나는 더욱 거세게 마나를 불어넣었다.

그러자 베르가디안의 마나 홀이 내가 가진 마나의 힘이 충만해지는 것이 느껴진다.

시각적으로는 보이지 않지만, 마나가 전해주는 그 특유

의 감각이 어떤 상황인지를 이미징할 수 있게 해준다.

"그극! 끄그그극! 아아아아!"

베르가디안은 절규하고 있었다.

자신의 통제를 벗어난 마나 홀.

그것은 마치 자신의 정신을 다른 이에게 통제당하고 있는 것이나 다름없는 것일 테니까.

하지만 그의 애타는 외침은 내게는 고려 대상이 아니었다.

―들어간다.

그리고.

아주 간결하고도 냉랭한 아이거의 목소리가 들려왔다.

7장

아이거의 부활

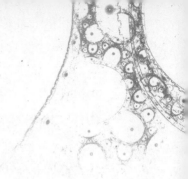

아이거의 목소리를 마지막으로 듣고 나는 조심스럽게 힘을 거둬들였다.

하나의 도박이기도 했지만, 어쩔 수 없는 선택이기도 했다.

만약 아이거가 베르가디안의 몸을 장악했거나, 장악하는 중이라면 절대 상처를 입혀서는 안 되니까.

만약 여기서 베르가디안이 아이거에게 장악당하지 않고 다시 정신을 되찾는다면 오히려 내가 위험한 상황에 처하게 된다.

아이거는 중간에서 이도저도 아닌 상태로 소멸될 가능성도 있다. 그러면 내 힘에도 어느 정도 영향을 미칠지도 모른다.

아이거와 나 사이에 어떤 힘의 연결고리가 있는 것은 아니지만, 분명 한 몸에 두 영혼이 공존한다는 정신적인 연결고리는 존재했다.

그래서 갑자기 아이거가 빠져나가면 어떤 기분일까 싶었는데, 그렇게 허전하지는 않았다.

세 겹을 입고 있던 옷에서 한 겹 정도를 벗은 느낌. 즉, 큰 변화는 느끼지 못했다는 의미다.

"……."

나는 숨을 죽이고 긴장을 유지한 상태로 베르가디안을 보았다.

그사이에도 주변에서 자르가드의 마법사들이 다가오고 있고 메디우스도 분주하게 마법을 전개하기에 여념이 없었다.

획!

바로 그때.

베르가디안이 고개를 들어 나를 바라보았다.

일순간 엄청난 살기를 머금은 붉은 눈빛이 내 두 눈을 당장에라도 뚫어버릴 것처럼 노려보았다.

지금까지 수많은 살기 어린 눈빛을 보았지만, 이처럼 냉 랭하게 느껴지는 눈빛은 없었다.

"가벼워. 아주 가벼워… 클클클."

특유의 웃음소리가 들려온다.

아이거의 습관이다.

"됐나?"

"됐다. 완벽하게 장악했다. 놈은 이제 내 머릿속에서 대 책 없이 손가락이나 빨게 됐다. 클클클."

얼굴은 베르가디안의 것인데 목소리나 말투는 영락 없는 아이거의 것이다.

"일단 이탈하자. 오기 전의 그곳으로."

"후후, 그럴까. 텔레포트쯤이야."

아이거에게 다음 목적지를 알리고.

나는 내 쪽을 바라보고 있는 메디우스에게도 고개를 끄 덕이며 신호를 보냈다.

전장을 이탈해도 된다는 뜻이다.

시이잉— 파앗! 파앗! 파아앗!

그리고 얼마 후.

전장 여기저기서 파공음이 일며, 마법사들이 하나둘 사 라져 갔다.

첫 번째는 메디우스, 두 번째는 나. 그리고 세 번째는 베르가디안, 아니, 아이거였다.

*　　　*　　　*

이전의 포인트로 돌아온 우리는 우선 자르가드의 마법사들이 갈피조차 제대로 잡지 못하고 엉뚱한 곳으로 향하는 것을 확인하고는 동굴 속에 자리를 잡았다.

메디우스는 내 옆에 서 있는 아이거를 보자마자 깜짝 놀라 반쯤 뒤로 물러섰다.

내게서 작전에 대한 계획을 듣기는 했어도, 언제나 적으로 생각했던 베르가디안이 떡하니 정면에 서 있으니 태연할 수 없는 모양이었다.

나는 메디우스가 괜한 의심을 하거나 혼란스러워하지 않도록 앞뒤의 정황들을 상세하게 말해주었다.

이야기를 이어가는 와중에 근처에서 느껴지는 마나의 흐름이 있어, 몇 번 정도 단거리 텔레포트를 이용해 장소를 바꿔주는 것도 잊지 않았다.

나에게 일어난 수많은 변화의 과정들을 세상 모든 사람들에게 떠벌리고 다닌다면야 문제가 되겠지만, 메디우스는 입이 무거운 사람이다.

혹, 그가 내게서 들은 이야기들을 떠벌리고 다닌다 해도,

사실 사람들은 잘 믿지 않을 것이다.

있기 힘든 일이니까.

메디우스는 내가 아이거의 조각을 '우연히' 얻었다는 거짓말부터 시작해서, 그 안에 봉인되어 있던 힘을 얻으면서 아이거의 영혼까지 얻게 되었고 그러던 와중에 그에게 다시 몸을 돌려줄 기회를 노리고 있었다는 말까지 전반의 이야기를 매우 진지하게 들어주었다.

잘 짜여진 거짓말이었기에 메디우스는 당연히 의심조차 하지 않았다.

의심을 한다고 하더라도 출처를 의심하면 했지, 내가 백번의 삶을 반복해 가면서 이런 일을 계획했다고는 전혀 생각지 못할 것이다.

그것은 정말 상상의 범주를 넘어가는 이야기이기 때문이다.

아이거는 이야기 중간중간에 메디우스에게 자신의 삶에 대해 들려주었다.

아이거에 대한 것은 메디우스도 과거 마법학을 오랜 기간 연구해 온 학자이기에 누구보다도 잘 알았다.

웬만큼 깊게 공부하지 않고는 알 수 없을 아이거의 많은 이야기에 대해 직접 들려주자, 처음에는 잘 믿지 않았던 메디우스의 표정도 달라졌다.

그리고 종국에는 오랜 시간의 간극을 뛰어넘어 이렇게 재회하게 된 옛 존재와의 의미 있는 만남에 감탄사를 흘렸다.

내가 메디우스라면 레논이라는 9클래스의 청년 마법사의 존재부터 시작해서, 구시대의 마법사인 아이거의 등장까지. 모든 것이 혼란의 연속이었을 것이다.

나야 백 번의 삶을 살면서 정말 상상 이상의 일들을 겪어 보았기에 이런 일들에 태연할 수 있는 것이지만, 지금 이 시대를 살고 있는 메디우스의 삶은 단 한 번일 것이기 때문이다.

하지만 그는 오랜 기간 수련해 온 마법사답게, 그리고 생각의 틀에 자신을 가두지 않는 융통성답게 상황을 빠르게 이해했다.

그리고 나와 아이거가 이렇게 탈취한 베르가디안의 몸으로 어떻게 할 건지에 대해서도 일찌감치 감을 잡았다.

"적응에 시간이 좀 걸리긴 하겠지만 앞으로 자르가드가 어떻게 돌아가는지 알기도 쉬울 것이고, 여차하면 드래곤과의 연결점이 있는지도 파악할 수 있을 겁니다."

아이거는 나에게는 반말을 했어도 메디우스에게는 말을 높였다. 그래서 셋이 있는 자리에서 나는 처음으로 그의 존대를 들을 수 있었다.

실제로 아이거는 메디우스보다 어린 나이에 금지된 마법을 이용해 자신의 영혼과 기운을 봉인시켰고 그래서 일흔을 넘긴 메디우스의 모습이 당연히 연장자처럼 보였을 터다.

"이거 정말 상황이 급변하는구만. 껄껄."

메디우스가 너털웃음을 터뜨렸다.

오크들의 왕은 죽었고 자르가드의 대마법사는 아군이 되었다. 이 모든 상황은 불과 몇 시간만에 이루어졌다.

"접선 지점은 항상 이곳. 첫 번째 접선은 일주일 후."

"그렇게 하지. 레논, 날 믿나?"

"믿지 않으면 이렇게 하지도 않았어. 이젠 내 손을 떠난 화살이 됐으니, 과녁에 정직하게 날아가길 바라야겠지."

"태평하군, 후후. 그럼 일주일 뒤에 다시 보도록 하겠습니다. 빠른 복귀가 의심을 걷어내 줄 테니, 그럼……."

말이 끝나기가 무섭게 아이거가 정신을 집중하더니, 자르가드군영 방향으로 신속하게 텔레포트를 전개하며 사라졌다.

거리가 멀지 않은 데다가, 베르가디안의 몸 역시 8클래스이기 때문에 어렵지 않은 이동이었다.

아이거가 사라지고.

잠시 동굴 안에 적막이 감돌았다.

나와 메디우스는 말없이 서로를 응시하고는 한참을 앉아 있었다.

"후아. 스승님, 일단 첫 번째 산은 넘었군요."

"이런 일을 내 눈 앞에서 보게 될 일이 생길 줄이야. 믿을 수 없지만, 두 눈으로 보았으니 믿게 되는구나. 껄껄."

메디우스가 웃음을 터뜨리며 내 어깨를 어루만졌다.

조심스러운 그의 손길이 느껴진다.

예전의 메디우스가 나를 대할 때는 정말 스승과 제자로서의 느낌이었다면, 지금은 그 느낌에 약간의 경외감이 섞여 있는 것 같다.

"이제 자르가드는 더 이상 우리에게 큰 위협이 되지 않을 겁니다. 물론 아이거가 다른 생각을 한다면 반대로 엄청난 위협이 되겠지만… 저를 적으로 돌린다는 건, 아이거가 생각하는 재밌는 그림은 아니니까요."

"자신할 수 있느냐?"

"아이거가 어떤 녀석인지 알기 때문에 그렇습니다."

아이거에게 있어 나 같은 마법사, 그러니까 9클래스의 마법사를 상대하는 것은 그리 대단한 일이 아니다. 그가 살아 있을 때도 경험해 보았던 일이니까.

하지만 드래곤은 다르다.

나와 메디우스, 그리고 아이거가 가진 공동의 적이 드래곤이 된다면… 그때는 인간과 드래곤이라는 아주 특이한 대결구도가 그려진다.

아이거는 호기심이 많고 나름대로의 도전 정신도 강한 마법사다. 그러니까 자신의 몸을 봉인하고 세상에서 모습을 감춘 것이 아닌가.

그래서 아이거는 날 배신할 수 없다.

그래봤자 블랙 드래곤은 건재할 것이고 그렇게 되면 결국 저승길을 빨리 가느냐 늦게 가느냐의 차이일 뿐이다.

게다가 아이거는 내 계획의 종점이 어디인지도 알고 있다.

바로 드래곤과의 전쟁이다.

백 번의 삶을 지겹도록 반복하면서 항상 잊지 않아온 이 목표에 대한 나의 갈망을 아이거도 내 정신 속에 함께 있으면서 수도 없이 느꼈을 터.

그 감정은 자연스럽게 이입되었을 것이고 나와 비슷한 생각을 하고 있을 것이다.

"블랙 드래곤이 당장에 나타나진 않을 것이라 생각합니다. 주판을 굴리다가 모습을 드러낼 겁니다. 돌아가는 대로 남부의 블랙 오크들부터 걷어내는 것이 좋을 것 같은데, 어떻게 생각하십니까. 스승님?"

"당연한 수순 아니겠느냐. 하지만 과연 중앙정부에서 이 전쟁의 배후에 거대한 이면이 존재한다는 것을 믿을지는 의문이겠구나. 절대 믿지 않을 것이다."

"사실 믿어야 하는 상황이어도 부정하고 싶을 겁니다. 일 단은 지금으로서 할 수 있는 최선을 해봐야지요. 설령 드래 곤이 등장할 것을 안다고 하더라도, 당장에 크게 할 수 있 는 것이 없으니까요. 이를 대비해서 타국과의 공조를 확실 히 해두는 게 유일한 방법입니다."

안타깝지만 드래곤을 상대로는 익스퍼트급 이하의 검사 들은 아무 짝에도 쓸모가 없고 5클래스 이하의 마법사들도 쓸모가 없다.

인간들의 기준으로는 하나하나가 소중하고 뛰어난 실력 을 가진 존재들이지만, 드래곤의 눈에는 그저 날파리 같은 존재일 뿐이다.

6클래스부터 광역 뇌전 마법과 같이 드래곤의 외피를 뚫고 체내에 영향을 줄 수 있는 마법을 쓸 수 있기 때문에 마법사는 6클래스 이후부터 드래곤과의 전투에 유효했 다.

그 이하는 인간에게 있어 모기와도 같은 존재일 뿐이다.

말라리아 균 같은 것이 없다는 전제하에 모기가 인간에 게 줄 수 있는 피해는 간지러움밖에 없으니까.

하지만 전갈이나 독거미 같은 곤충들은 사람을 죽음에 이르게 할 수도 있다.

독이 있기 때문이다.

바로 그 '독' 같은 역할을 수행할 수 있는게 6클래스부터다.

기사들은 오러 블레이드를 원활하게 유지할 수 있는 마스터급 이상이어야, 드래곤 슬레이어(Slayer)의 기본 요건이 될 수 있다.

"그건 나에게 맡기거라."

"예, 스승님."

"네, 정확한 실체는… 자연스럽게 때가 올 때까지는 두도록 하자꾸나. 후후."

"예, 스승님."

어차피 두 번의 전투에서 모습을 드러냈으니, 시일은 걸릴지언정 사람들도 나의 존재에 대해 알게 될 것이다.

그리고 블랙 드래곤도 머지않은 시일에 또 다른 9클래스 마법사의 존재를 인지할 터.

이제는 정말 피할 수 없는 거대한 존재, 드래곤과의 전투가 머지않았다.

언제까지 내 생각대로 흘러가게 될지는 장담할 수 없었다.

하지만 한 가지 확실한 것은 앞서 반복된 삶과 비교한다면, 지금만큼 더할 나위 없이 최상의 상황으로서 미래를 마주보고 있던 적은 없었다는 것이다.

가장 긍정적인 상황이라는 자신감.

그리고 피할 수 없는 배수진을 쳤다는 각오.

이 두 가지를 가지고 거침없이 헤쳐 나가는 것.

그것이 지금의 내 심장 속에 깊숙하게 박혀 있는 정답이었다.

                    *   *   *

그날 이후, 자르가드군은 더 이상 진격하지 않았다.

그리고 동부 전선 곳곳에서 게릴라 전으로 스페디스 제국군을 괴롭히던 잔여 전력들도 빠르게 산맥 너머로 후퇴했다.

중앙정부에서는 이런 흐름에 맞춰 발 빠르게 병력을 남부로 파견했다.

게우게스의 죽음으로 구심점을 잃은 블랙 오크들은 황급히 병력을 물렸고 그 과정에서 수많은 블랙 오크들이 죽어 나갔다.

잠시 평화가 찾아왔다.

아이거에게서 별도로 전해져 온 소식은 없었지만, 자르가드군은 병력을 철수시킨 뒤 국경 지대에 얼씬도 하지 않았다.

스페디스 제국에서는 기습적으로 동부 지역을 공격한 자르가드를 공격해야 한다는 여론이 들끓었다.

아주 오랜 기간을 적국으로서 마주했던 데다가, 이번 전쟁으로 인해 반(反)자르가드 감정이 크게 폭발했기 때문이다.

문제는 여기서부터 발생했다.

내가 전혀 고려하지 않았던 부분에서 터져 나온 변수였다.

자르가드군을 물리치고 블랙 오크까지 단숨에 모르고스 산맥 너머로 격퇴한 것에 크게 고무된 스페디스 제국 군부가 대규모 공격을 결의한 것이다.

타깃은 마도국 자르가드.

복수전의 시작이었다.

*　　　*　　　*

이런 선택에는 내가 예상하건대 중앙정부의 핵심적 위치를 차지하고 있는 관료들의 입김이 크게 한몫했을 가능성이 컸다.

반자르가드 정서에 편승한 전쟁 결의를 통해 자신들에 대한 여론을 호의적으로 바꾸는 것은 물론이고 자칫 드러날 수도 있는 부정부패에 대한 시선을 자연스레 밖으로 돌리려는 심산이 분명해 보였다.

스페디스 제국의 군부가 기본적으로 가지고 있는 자부심과 호전성, 그리고 중앙 관료들의 이해관계, 아울러 제국민들의 동조까지…….

이 모든 것이 '삼위일체'를 이루면서 자르가드 침공 준비는 급물살을 탔다.

여기서 케플린 공작은 쓸데없이 '너무나도 신속한' 움직임을 보였다. 신성 제국 연합의 세력을 규합하는 데 성공한 것이다.

불과 1주일 전만 해도 남쪽과 동쪽에서 밀려드는 적에 대한 양동 대응으로 고심해야 했던 상황은 완벽하게 뒤바뀌었다.

신성 제국 연합 소속의 국가들은 스페디스 제국이 전쟁을 결의하면서, 지금 숟가락을 얹는 게 가장 좋겠다고 판단했는지 대규모 군단을 편성했다.

*   *   *

장대비가 내리는 한밤중.

나와 아이거는 약속한 장소에서 만났다.

메디우스는 불참했다. 전군이 소집되면서 자연스럽게 마법사 대표로서 그 역시 회의에 참석해야 했고 따로 자리를 비울 시간이 없었던 것이다.

어차피 상관없었다. 내가 메디우스에게 정리된 내용을 전해주면 되니까.

"정치란 언제든 색깔을 바꿀 수 있는 카멜레온 같은 작자들이 가장 빛을 낼 수 있는 무대지. 인간의 역사는 전쟁의 역사다. 이상할 것도 없다."

"자르가드는 어떻게 대응할 셈이지? 어디까지 알고 있는 거야?"

"생각보다 자르가드의 정보망은 넓더군. 이미 모든 국가의 병력들이 어떻게 움직이는지 전부 파악하고 있다. 상상 이상의 정보망을 가지고 있어. 정보원들은 별도로 황제의 직속 기구에 소속되어 움직이고 있고 그것은 마법사의 수장인 내게는 알 수 없는 권한 밖의 범위다."

"상황이 이렇게 돌아가면 그림이 어그러지게 되는데."

"문제는 지금 상황도 상황이지만, 자르가드에서 다음 계획으로 무엇을 생각하고 있느냐는 것이다. 차라리 스페디스 제국과 자르가드, 블랙 오크의 대치 구도였던 예전이 나왔다. 자르가드는 해적들을 이용할 생각을 하고 있다. 지우드를 비롯한 악명 높은 해적들로 하여금 각국을 괴롭힐 생각을 하고 있어."

"지우드……."

귀에 익은 이름이다.

내가 그의 부관인 시몬을 제거했었으니, 기억하고 싶지 않아도 기억할 수밖에 없는 이름이다.

지우드는 어느 국가에 연고를 둔 해적은 아니었지만, 기본적으로 패권 세력인 신성 제국 연합에 대한 반감을 갖고 있는 것은 잘 알려진 사실이었다.

적의 적은 동지라지 않는가?

지우드의 적이 신성 제국 연합이고 신성 제국 연합의 적이 마도국 자르가드이니 이해 관계가 일치했을 것이다.

"이렇게 되면 전면전이 될 뿐만 아니라, 신성 제국 연합의 해안가도 불바다가 될 거다. 그뿐만이 아니라… 이들의 정보 조직은 유사시에 적의 수도를 혼란에 빠지게 할 수 있고록 잘 훈련된 요원들도 파견해 둔 상태다. 심지어 마법부 소속의 전투 마법사들도 있어."

"지금까지는 전쟁이 전면전으로 격화되는 것을 막기

위해서, 어느 선까지는 요원들의 활동을 억제했다는 거
군."

"그런 셈이다……. 네가 인지하고 있듯이, 자르가드의 군
인들은 언제든 국가를 위해서 목숨을 버릴 수 있도록 훈련
된 살인 병기들이야. 전면전이 되면, 네가 그리는 그림은
순식간에 찢어지고 말테지. 그럼 내가 할 일도 자연스럽게
사라지게 된다."

"블랙 드래곤으로부터 연락은?"

"아직 없었다. 하지만 베르가디안의 집무실에서 이걸 발
견했다. 놈과 블랙 드래곤의 연계를 충분히 의심해 볼 만한
물건이지."

아이거가 내게 내민 것은 흑마법에 관련된 고서적이었
다.

상급, 최상급 마족과의 계약으로 만들어지는 종속 관계
에 대해 일목요연하게 적힌 아주 오래된 서적이었다.

애초에 이런 계약 형태는 아주 특수하기 때문에 좀처럼
생기기 힘든 일인데, 이에 대한 서적을 찾아보았다면 이유
는 하나밖에 없다.

단순한 계약이라 할지라도, 엄청나게 강력한 마족의 힘
을 담을 그릇이 되어야 하기 때문에 아주 철저한 준비를 필
요로 한다.

이 서적은 그 준비 과정을 자세히 적은 것들이었고 베르가디안이 이를 보며 어느 정도 준비를 했을 가능성이 컸다.

"아이거. 만약 네가 정말 마족의 힘을 얻게 되면 어떻게 되지? 지금 베르가디안의 육신을 지배하고 있는 정신은 네 것이고 그 속에는 예속된 형태로 베르가디안이 공존하고 있지. 여기에 마족에게 종속된 형태로 마족의 힘이 개입한다면?"

이런 상황 설정은 내게도 처음이었다.

세 개의 자아가 공존하는 몸은 경험해 본 적이 없는 일이다.

과거의 삶 중에 상급의 마족과 계약을 하고 흑마법사로 살았던 적은 단 한 번도 없었다.

생각해 보면 왜 그런 경우를 만들지 못했는지가 내 스스로도 궁금했지만, 정확하게 말하자면 그럴 기회가 많지 않았다.

마족과 인간이 가교 역할을 해줄 존재가 없이 계약을 맺는 과정은 존재하지 않는다.

마족이 인간을 먼저 찾아와 계약을 제안하는 경우가 있지만, 그건 종속 관계의 계약이 아니기 때문에 마족에게 아무런 이득도 되지 않는다고 알고 있다.

그래서 상급, 그 이상의 마족과 연을 맺으려면 필연적으로 교착점이 있는 블랙 드래곤과 줄이 닿아야 하는데 여기서 나는 이미 탈락이었다.

드래곤이 한 번도 내 조력자였던 적은 없었다. '그'가 드래곤마저 제압한 절대적인 존재가 되길 바랐기에.

설령 드래곤과 좋은 관계가 될 법했어도, 종국에 가서는 적이 됐다. 그나마 그 좋은 관계도 될 법했던 거지, 됐던 적은 없다.

그래서 내가 마족에 관한 이야기는 가장 베일에 싸여 있는 미지의 세계와도 같았다. 그러다 보니 아이거에게 한 말도 물어보는 식이 되어버렸다.

"베르가디안은 문제될 것이 없어. 이미 그놈은 빠르게 약화되고 있고 조만간 자신의 몸을 누군가에게 빼앗겼다는 사실조차 인지하지 못하게 될 거다. 혹은 소멸될지도. 나는 너처럼 물렁하게 몸속의 다른 자아를 그대로 두진 않으니까."

언뜻 듣기에는 차갑게 들릴 수도 있지만, 아이거 나름대로의 방식으로 자신을 잠식시키지 않고 그대로 둔 나에 대한 고마움을 표현하고 있는 것이었다.

동시에 자신, 그리고 내게 이유 불문하고 신경 쓰이는 대상이 될 수밖에 없는 베르가디안에 대한 확실한 마무리 의

사를 표현하는 것이기도 했다.

"깔끔하네."

"네 몸 속에 갇혀 있으면서 새삼 느낀 사실이지."

아이거가 씨익 미소를 지었다.

그의 미소지만, 베르가디안의 얼굴로 미소를 지으니 꽤나 이질적으로 느껴진다.

내가 항상 익숙하게 듣던 머릿속의 그 목소리가 아니라, 베르가디안의 성대와 입을 빌어 내뱉은 아이거의 말이었으니까.

"그렇다면 마족에게 종속이 되느냐, 안 되느냐의 문제인데."

"방법이 있다고 생각해?"

"베르가디안이 보던 책이 마족이 원하는 종속자의 그릇을 만드는 작업에 대한 것이라면… 나는 충분히 이를 뒤집어서 접근하는 것도 가능할 것이라 생각하는데."

"미친놈."

아이거가 단 1초의 망설임도 없이 바로 내 말을 되받아쳤다. 물론 반응은 부정적이다.

나도 정상적인 생각이 아니라는 것은 잘 알고 있다.

하지만 이렇게 발상의 전환을 해보려는 것은 내게 찾아온 예상치 못한 변수를 또 다른 나만의 방식으로 뚫고 나가 보기 위함이었다.

"가능할 것 같은 것이냐, 가능하지 않을까냐, 아니면 가능하진 않을 것 같은데 해보자는 거냐."

말장난치고는 좀 고리타분한 오래 된 노인네의 말을 듣는 것 같다. 아이거는 옛날 사람이니까, 그럴 수 있다.

"중간. 이제 연구해 봐야지."

"그러면 의도적으로 마족과의 계약을 유도하고… 그 계약을 뒤집어서 힘만 취하고 종속 관계는 탈피한다. 성공하면 괴물 흑마법사의 탄생이고 실패하면 영원한 안식이겠군."

아이거는 툴툴 거리듯 말하면서도 아주 진지하게 이야기에 임하고 있었다. 나 역시 마찬가지였다.

블랙 드래곤은 반드시 아이거, 그러니까 베르가디안에게 손을 뻗는다. 그렇다면 단순하게 이용만 당해주는 것보다는 카운터펀치를 먹일 수 있는 기회를 잡는 것이 더 좋다.

물론 이것이 내 자신의 힘을 강하게 만드는 것은 아니지만, 아이거라는 변수를 더욱 크게 만들 수 있다는 점에서 괜찮은 방법이었다.

다만 이 괜찮은 방법이 아이거에게는 영원히 죽을 수도 있는 선택지이니만큼, 내가 강요할 수는 없을 뿐이다.

하지만 아이거는 수락한다. 나는 확신이 있었다. 호기심도 많고 의지도 활활 타오르는 아이거가… 이런 재미있는 제안을 거절할 리 없다.

설령 죽어 없어지는 한이 있더라도 선택할 것이다.

"강요는 않지."

"그 자체가 강요야. 후후. 까짓것… 발상의 전환, 안 되면 뒤지면 그만 아닌가. 딱히 목숨에 미련 같은 건 없다. 죽는 기분도 새삼스럽지도 않고. 이미 봉인될 때 어지간한 고통이나 감정은 다 경험해 봤다."

아이거가 고개를 끄덕였다.

어쩌면 내 마음속에는 남들은 생각조차 할 수 없는 악마가 살아 숨 쉬고 있는지도 모른다.

난 아이거가 거절하지 않을 것이라는 것도 알았고 그를 단숨에 영혼조차 남지 않고 소멸해 버릴 수도 있는 죽음의 구렁텅이로 내몰았다.

그러고도 이렇게 태연한 표정으로 아이거를 보면서 되려 미소까지 짓고 있다.

하지만 수천 년을 살며 닳고 닳아버린 감정들은 이것이 '악마'라는 인지조차도 할 수 없게 무디게 만든다. 내게 시간은 아무 의미가 없고 감정은 그저 구구단처럼 예측 가능한 범주 안에서 움직일 뿐이다.

좀 더 냉정하게 말하자면, 지금 내 눈 앞에서 메디우스, 아니 로이니아가 피를 토하고 쓰러진다 해도… 생각보다 슬프지 않을 것 같기도 하다.

　무표정하게 그녀를 묻어주고 그다음의 여정을 위한 준비를 할 것 같달까. 그런 감정이었다.

8장

블랙 드래곤 라키시스

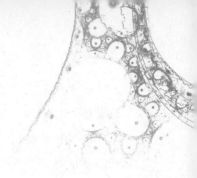

　"꽤 재밌는 장치를 해놨다. 무슨 출장 마법사도 아니고 매번 네가 오지랖 넓게 이렇게 오는 일이 쉬운 일은 아니지. 혹, 네가 쉽다고 하더라도 내가 어렵다. 이 빌어먹을 베르가디안이라는 놈, 생각보다 자르가드 내에서 많은 업무를 맡고 있더군. 그것도 쓸데없는 일 위주로 말이야."

　"어떤 장치?"

　내 물음에 아이거가 주머니 속에서 작은 마나석 하나를 쓱 내밀었다.

　검은색이다.

마도국 자르가드에서만 세공이 가능한 흑마나석이다.

일반적인 마나석 세공법과 다를뿐더러, 세공 내내 흑마법사가 계속 붙어 있어야 하는 것이 백마나석과 달랐다.

그래서 더 만들어내기도 힘들고 만들어내더라도 백마법사는 이용할 수 없는 돌이었다. 물론 나는 양쪽 마법을 모두 구현할 수 있으니 예외라고 할 수 있다.

"비전 마법을 모르진 않겠지?"

"모르면 인생 헛산 거지."

나는 고개를 끄덕였다.

비전 마법은 마나석을 이용해 영상을 투영하는 마법이다. 별것 아닌 것처럼 보이지만, 마나석에 정량의 마나를 영상을 보는 동안 계속 투입해야 하기 때문에 그게 쉽지 않았다.

샤아아아아.

흑마나석에 어둠의 마나를 불어넣기 시작하니, 자연스럽게 마나석의 힘이 활성화된다.

그러자 내 앞으로 입체 영상과 같은 영상이 투영되기 시작하고 자연스럽게 그 위에 색이 입혀지기 시작한다.

째깍째깍째깍.

부지런히 회중시계의 초침이 움직이는 소리가 들린다.

그리고 방 안을 가득 메운 서적들과 집무를 보기 위한 잉

크와 펜, 고풍스런 가구들이 한눈에 들어온다. 누군가의 사무실이다.

그리고 그 사무실이 누구의 것인지는 어렵지 않게 짐작이 된다.

"아예 개인 집무실 안을 훔쳐보기 좋게 만들어놨군."

"네가 바라던 바가 아니냐? 어쩨 표정이?"

표정 관리가 안 되어서였을 거다.

아이거에게 '기특하다'라는 뭔가 생소한 감정을 느꼈기 때문일까?

나름 시크한듯, 무심한 듯 내게 말하고 있지만 결국 이건 전적으로 나를 위한 편의로 만들어진 것이었다.

일종의 CCTV, 그것도 음성까지 출력되도록 몰래카메라를 설치한 것과 비슷하게 만들어놓은 것이다.

물론 내가 들고 있는 이 흑마나석과 아이거의 집무실의 물리적인 거리에 비례하게 마나가 들겠지만, 내가 충분히 감당할 수 있는 수준은 됐다.

"아니, 가장 필요했던 것이라 그래."

나는 솔직하게 내 감정을 인정했다.

그러자 아이거의 입가에도 미소가 걸린다.

마치 인정받은 것이 기쁜 어린아이처럼.

아이거는 저런 엉뚱한 구석이 좀 있다. 그래서 종잡을 수 없고 내 예측이 틀렸나… 하고 아리송하게 만드는 때도 있다.

"눈가림을 위해서 집무실 안에다가 마나석이 박힌 아티팩트와 장신구, 장식품들을 많이 가져다놨지. 집무실 안에서 느껴지는 마나의 힘이 이 비전 마법 때문인지, 다른 것때문인지 헷갈리게 말이야. 요긴하게 쓰일 일이 있을 거야. 유사시에는 네가 날 구하러 여기까지 올 수도 있을 거고 말이야."

"좋은 생각이야. 물론 상황을 봐가면서 움직이겠지만 말이야."

"뭐라고?"

"농담이다."

확실히 아이거가 사람의 육신을 얻어 현신하여 있으니, 활용폭이 예전과는 비교도 안 될 정도로 달라졌다. 생각 이상이다.

내 입장에서는 냉정하게 말하면 테노스 용병단 전체보다도 더 천군만마와 같은 지원자였다.

당초 과거의 삶에 비교를 해보자면, 원래 내가 블랙 드래곤과 본격적으로 맞서기 시작했을 때, 테노스는 마스터급의 경지에 오른 검사가 되어 있었다.

그가 홀로 용병 의뢰를 받고 떠난 와중에 깨달음을 얻게 되기 때문이다.

대외적으로는 숨겨왔던 그의 실제 검술 실력이 만천하에 드러나는 순간이었다.

하지만 이번 삶에서는 생각보다 전쟁이 빨리 일어났고 상황이 더 급변하기 시작하면서 테노스에게 와야 했던 '운명의 때'가 오지 못했다.

이때는 내가 직접 말해준다고 해서 될 것이 아니다. 그렇게 되면 더더욱 깨달음은 멀어지고 운명 역시 멀어진다. 천기누설은 그래서 위험한 것이다.

환생 초반의 나는 이런 천기누설의 위험성을 모르고 과거의 삶을 안다는 것을 무기 삼아 여기저기 그런 이야기들을 건네곤 했었다.

어디로 가면 넌 성장할 수 있다. 강해질 수 있다. 운명을 바꿀 어떤 기회를 맞을 수 있다 등등.

하지만 이런 말을 하는 그 자체만으로도 다가올 운명은 사라졌다.

운명은 본인이 인지하지 못할 때, 우연스럽게 다가와 변곡점을 만들어내는 것이기 때문이다.

그래서 언제부터인가 나는 미래를 언급하는 일이 매우 조심스러워졌다.

하지만 경우에 따라서는 반드시 언급을 해야 할 일이 있기도 했다. 엘프 로드 멜디르를 만났을 때처럼.

실이 있는 만큼 득도 있었다.

첫째가 바로 메디우스고 둘째가 아이거였다.

메디우스에게는 내 필요에 의해 어느 정도 남들과는 다른 내 운명을 공개했다.

드러내 놓고 말하지는 않았지만, 메디우스는 미루어 짐작하고 있음이 틀림없다.

메디우스니까 가능한 이야기다.

그처럼 열린 마음을 가진 마법사도 때때로 긴가민가하면서 고개를 갸웃거리게 만드는 것이 내 삶이니만큼, 일반인들에게 이를 인지시키는 것은 불가능에 가까운 일이다.

아울러 아이거는 내 모든 것을 속속 알고 있다.

그것은 그가 내 정신과 동화되었던 적이 있기에, 자연스럽게 그 기억도 녹아 있는 것이다.

내 무의식까지 아이거가 애써 훑은 적이 있다면, 애초에 내가 이 세계로 건너오기 전에 있었던 예전의 삶도 알고 있을 것이다.

그렇기에 내가 왜 쉬지 않고 오로지 환생자로서 '그'가 남긴 미션을 완수하기 위해 달리고 또 달리고 있는지 인지했을 터.

그렇기에 그는 그 나름대로의 방법으로 나를 지원해 주고 있는 것일지도 모른다.

"너는 이제 네가 앉은 곳에서 자르가드의 흑마법사 베르가디안의 집무실을 훤히 들여다볼 수 있게 된 거다. 이 정도면 칭찬해 줘야 되는 것 아닌가?"

"너무 감동스러워서 뭐라 말을 못 잇겠다."

"레논."

"음?"

아이거가 진중한 목소리로 내게 말을 거는 것이 심상찮다. 아이거가 내 이름을 이렇게 부른 적은 손에 꼽을 정도로 적었다.

이름을 잘 부르지 않는 사람이 이름을 불러준다는 것. 그것은 그 자체로도 매우 의미 있는 일이기도 하다.

"너는 나를 얼마나 믿지? 네 100번째 삶. 반드시 성공으로 끝내야만 하는 삶에서 나를 얼마나 중요하게 생각하고 있지?"

아이거의 표정에 장난기 같은 것은 없었다.

그는 내게, 아주 진지하게 묻고 있다.

왜 그런지는 나도 모른다.

내 삶에 흥미를 가져서? 아니면 나를 통해 '그'라는 절대적인 존재에게 자신을 어필하고 싶어서? 속내는 알 길이 없으니 도리가 없지만, 중요한 것은 그가 나의 마음을 궁금해 한다는 것이다.

"내가 다시 되묻고 싶은데."

"질문은 내가 먼저 했다. 네가 답하면, 나도 답하지. 네가 솔직하면, 나도 솔직할 거다."

상대가 거짓말을 하는지 아닌지 아는 방법은 여러 가지가 있지만, 꽤 오랜 삶을 살아온 사람이면 딱히 관찰을 하지 않고도 느낄 수 있다. 진실을 말하는 눈과 거짓을 말하는 눈의 차이를…….

그건 오랜 경험과 관찰이 쌓여야 하는 것이기도 하다.

"후우."

나는 크게 한숨을 내쉬었다.

가벼운 겉치레식으로 말하기에는 아주 중요한 말이었으니까.

"완벽하게 믿는다. 널 믿지 않았다면 육신을 새로이 구해 줄 이유도 없었지. 내 나름대로의 승부수다. 앞서의 삶에서는 던져 보지 않은 내 의지로 만들어낸 변수지."

나는 솔직하게 모든 것을 털어 놓았다.

말 그대로였다. 내가 만들어 낸 변수인 것이다.

과거의 나는 내게 찾아올 변수들을 최대한 차단하고 기억과 경험을 따라 큰 줄기를 벗어나지 않는 선에서 늘 갈

피를 잡았다. 그래야 마음이 놓였고 더 잘될 것 같았으니까.

하지만 그런 삶의 반복은 99번의 실패를 불러왔다. 이제 와서 똑같은 전철을 밟고 싶지는 않았고 나의 삶 역시 예상과는 다른 방향으로 흘러갔다.

그래서 승부수를 던졌다. 아주 과감히.

아이거라는 인물을 현실 속으로 끄집어낸 것이다.

"후후. 그 변수가 좋은 방향으로 흘러가길 바라는 거군."

"내가 한 선택이니, 방향이 나빠진다 하더라도 널 탓하진 않을 거다. 날 탓해야겠지."

"레논."

"아까부터 왜 자꾸 이름을 부르지? 너답지 않게."

정말 아이거답지 않다.

베르가디안의 얼굴을 하고 있으니 더욱 그렇다.

아이거는 저렇게 낯간지럽게 사람의 이름을 불러주고 감성에 젖은 눈빛을 하는 존재가 아니었다.

아니, 그런 눈빛을 본 건 처음이라고 해야 맞을 것이다.

"전력을 다해서 네 이번 삶을 반드시 성공으로 매듭짓게 해주겠다. 그 대신, 하나만 약속해 주었으면 한다."

"무엇을?"

"네가 살던 그 세계로 돌아가게 된다면… 그 육신은 내가 갖겠다."

"그건 네가 알아서 할 일이야. 혹은 '그' 가 알아서 할 일이겠지."

"뭐 아주 거대한, 불가능할지도 모르는 목표라고 해두지. 네 몸을 갖겠다는 것. 레논, 전력으로 돕겠다. 날 믿어라. 믿는다면 그만한 재미가 있을 거다."

"믿지 말라고 해도 이제는 믿어야겠군."

나는 고개를 끄덕이며 미소를 지었다.

그러자 아이거가 자연스럽게 내게 손을 건넸다.

맞잡은 손, 악수.

나와 아이거는 다시 한 번 깊은 눈빛을 교환했다.

메디우스에 이어 내게 생긴 든든한 지원군.

지금까지 아슬아슬하면서도 한편으론 걱정스러웠던 미래에 대한 그림이 조금은 밝아졌다.

여전히 긴장의 연속이지만, 그래도 해볼 만하겠단 생각이 들었다.

*   *   *

나와 아이거는 좀 더 치밀하게 계획을 세웠다.

블랙 드래곤이 아이거, 그러니까 베르가디안을 찾아올

것이라는 점에는 둘 다 이견이 없었다.

이건 내가 블랙 드래곤이어도 생각할 수 있는 일이었고 마도국의 흑마법사들은 블랙 드래곤에게는 피할 수 없는 유혹과도 같았다.

아무리 드래곤이 고결한 존재라 할지라도, 수많은 인간을 상대로 무쌍(無雙)의 활약을 보일 수는 없다. 충실한 하수인이 필요하다.

블랙 오크는 하수인이 되기에는 지능이 턱없이 부족했고 우선 그 구심점인 게우게스가 약했다. 그는 능력을 물려받은 오크 로드도 아니었으며, 그저 오크들 중에서 강한 전사 정도에 불과했던 것이다.

하지만 흑마법사들은 얘기가 다르다.

마도국 자르가드의 흑마법사들은 영리하며 호전적이고 본능적이며 잔인하다. 게다가 이들은 생각하고 사고할 줄 아는 '인간'이었다.

힘을 약속하면 충실한 하수인으로 부릴 수 있는 흑마법사들을 포기하고 독자적으로 블랙 드래곤 '만' 움직인다? 가능성이 매우 적은 일이었다.

마족과의 계약.

그리고 그 과정.

어기서 개입되는 매우 복잡한 마법 수식들을 놓고 나와

아이거는 밤을 새운 긴 대화를 시작했다.

국경 외곽 정찰을 핑계 삼아 집무실을 빠져나온 아이거였기에 하루 정도의 여유는 충분했다.

나와 아이거는 각자의 자리로 돌아갈 때, 어떤 형태로든 계획을 마무리 짓기로 결정하고는… 블랙 드래곤에게 크게 한 방을 먹일 '한 수'를 연구하기 시작했다.

식욕도, 갈증도 잊은 채 계획에 몰입하고 있었다.

나와 아이거가 각자의 자리로 되돌아간 것은 다음 날 밤의 일이었다. 그 정도로 길고도 긴 이야기였다.

평범한 마법사라면 와서 보다가 기가 질려 떠날 정도로 수많은 수식들이 지면 위에 적혔다가 지워지고 또 적혔다가 지워졌다.

아이거는 조각에 봉인되어 있던 그 칠흑과도 같은 시간 속에서 수많은 마법 수식들을 연구했었다고 했다.

혼자 암흑 속에 갇혀 누군가가 자신의 마수에 걸려들길 기대하며, 열심히 수식을 풀어내고 조합하고 변수를 만들어내고 조합하길 반복했던 것이다.

때문에 아이거와 나는 수식에 관한 대화가 매우 자유로웠다.

직접 비교할 수는 없지만 메디우스보다 아이거가 더 마

법 수식에 조예가 깊은 것처럼 느껴질 정도다.

메디우스는 70년을 산 마법사지만, 아이거는 조각 속에 갇혀있던 시간을 포함하면 이미 100년을 거뜬하게 뛰어넘는 존재였으니까.

이야기 내내 아이거는 내가 쉴 새 없이 적어내려 가는 수식의 향연에 혀를 내둘렀다. 결국 날고 기는 아이거도 내 앞에서는 새 발의 피에 불과하다.

물론 내가 수천 년의 삶을 반복해서 살았다는 사실로 위세를 떨고 싶지는 않다. 단, 한 가지는 확언할 수 있었다.

마법 지식이나 수식에 대해서는 누구에게도 지지 않을 자신이 있다고 말이다.

장거리 논의 끝에 나와 아이거는 대화를 마무리 지었다.

블랙 드래곤이 제안할 마족과의 계약에 멋지게 한 방을 먹일 방법이 떠오른 것이다.

다만 이 과정에는 몇 가지 안배가 필요했는데 경우에 따라서는 내가 바로 아이거에게 합류해야 할 일이 생길지도 모른다는 것이었다.

그래서 나는 아이거로부터 그의 집무실로 즉각적으로 이동할 수 있는 자세한 마법 좌표들을 넘겨받았다. 완벽하게 장소를 지정하고 내가 초장거리 텔레포트를 시전할 수 있어야, 준비와 동시에 넘어갈 수 있기에.

그렇게 모든 준비에 대한 이야기를 마치고 아이거가 먼저 돌아갔다. 그리고 나 역시 원래의 자리, 용병단으로 돌아왔다.

*　　　*　　　*

"무슨 생각해?"

"이 전쟁이 언제 끝날까 하는 생각을 하지."

"아직 시작도 안 했는데 그런 생각이 의미가 있어?"

용병단에서의 시간은 한가로웠다.

정확히 말하자면 폭풍전야와도 같았다. 평온한 나날은 아니다.

스페디스 제국을 비롯한 신성 제국 연합이 대대적인 준비를 하는 탓에 각국의 용병들도 비상 대기 상태였다.

국가가 전쟁을 치르게 되면 사적으로 용병단에 의뢰를 가져오는 사람이 줄어들기 때문에 당연한 현상이기도 했다.

크리스티나는 이번 전쟁을 치르면서 가뜩이나 까맣던 피부가 더 까무잡잡해져 있었다. 정말 이 대륙의 사람과는 맞지 않는 피부라는 것이 티가 난다.

하지만 같은 여자들은 그런 크리스티나의 피부를 더 부러워했다. 건강미의 상징인 저 피부색은 흉내 내고 싶다고 해서 낼 수 있는 것이 아니기에.

드르렁— 푸우, 드르렁— 푸우.

알렉세이의 코 고는 소리가 용병단 밖까지 아주 시원하게 들렸다.

나와 크리스티나 정도만이 이렇게 바람을 쐬고 있을 뿐, 저마다 밀린 잠을 자느라 정신이 없었다. 강철 체력으로 소문 난 에일리까지 단잠에 빠질 정도였으니까.

한편 아이린이 소속되어 있는 카트리나 용병단은 복귀하는 과정에서 다른 지역으로 이동했는데, 덕분에 자연스럽게 아이린과는 멀어졌다.

"아차! 잠시 개인실로 가야겠다."

"편할 대로 해. 나는 바람이나 더 쐴래."

그러고 보니 오늘 막 도착한 우편 하나가 있었던 것이 기억났다.

카터에게서 온 편지였는데, 용병단 사람들과 이 얘기 저 얘기를 하다 보니 놓쳤다.

개인실로 돌아온 나는 바로 카터가 보낸 편지를 찢어 읽어 내려갔다.

내용은 나에 대한 안부를 묻는 것으로 시작해서, 지금 어떻게 지내고 있는가에 대한 이야기였다.

결과만 말하자면 아주 잘 지내고 있으며, 이곳은 치안적으로도 매우 안정된 곳이라 오히려 관광지에 휴양을 온 느낌이라고 했다.

그 와중에도 아예 주변에서 필요한 생필품들을 전문적으로 공급하는 상단을 구성하고 다른 도시의 지부와 연계해서 사업을 확장한 상태라고 했다.

함께 보내온 로이니아의 편지도 이야기는 비슷했다.

다만 내가 보고 싶다는 그녀의 애틋한 문구가 가슴을 두근거리게 만들었다.

마음만 먹으면 언제든지 갈 수는 있지만, 지금은 때가 아니라는 생각이 들었다. 당장에라도 아이거에게 블랙 드래곤이 찾아오는 일이 생길 수도 있기에.

* * *

어두운 밤.

용병단 건물 뒤쪽에 있는 야산을 오른 나는 비전 마법을 이용해 계속해서 아이거의 집무실을 살폈다.

자칫 개인실 안에서 이걸 비춰보고 있다가는 동료들의

눈에 보일 수 있었기에 인적이 아예 없는 곳으로 들어온 것이다.

평범한 사람이라면 뒤를 돌아보기도 무서울 정도로 깜깜한 공간이었지만, 나에게는 편했다.

귀신에 대한 두려움, 공포 같은 것은 사라진 지 오래다. 설령 존재한다고 해도, 보인다고 해도 놀랄 생각은 없었다.

그런 시시콜콜한 감정에 반응할 만큼 짧게 산 것도 아니니까.

아이거는 집무를 보고 있었다.

부지런히 직속 부하들이 건네는 서류들을 읽고 끊임 없이 서명을 한다.

비전 마법을 통해 볼 수 있는 각도가 내용까지 볼 수 있는 각도는 아니지만, 확실한 것은 저것들이 다가올 전쟁에 대한 어떤 준비에 관한 서류라는 것이었다.

그는 정말 베르가디안인 것처럼 행동했다.

말 한마디 한마디에도 기품과 위엄이 있었고 때로는 유머러스한 말로 부하들의 긴장을 풀어주기도 했다. 아이거는 가끔씩 내가 보고 있을지도 모르는 생각을 하는지, 정면으로 내 쪽을 응시하며 웃기도 했다.

나는 일정량의 마나를 계속해서 불어넣으며 영상을 출력

시키는 한편, 체내에 회전하고 있는 마나의 흐름을 다시 한 번 재점검했다.

9클래스의 힘.

내가 눈을 뜨던 그 순간부터 준비해 왔던 몸의 상태는 완벽하게 갖춰졌다.

흑마법, 백마법 할 것 없이 극의에 오른 9클래스의 힘은 최상의 균형을 유지하고 있었다.

조각의 힘이 모두 짜맞춰지면서 최상의 균형 상태가 유지되는 가운데, 각각의 힘이 갖는 파괴력도 배가됐다.

100번의 삶에서 가장 최고조에 이르러 있는 힘이었다.

앞서의 기억을 되새겨 봐도 지금보다 힘이 강했던 적은 없었다.

게다가 내게는 아이거라는 든든한 지원군도 있다.

그는 비록 8클래스의 흑마법사지만, 이번에 우리가 계획한 방법이 잘 먹혀든다면… 클래스에도 변화가 생길 가능성이 있다.

"문제는 주변 상황이지."

하지만 과거에 비해 터무니없이 나빠진 것도 존재한다.

바로 용병단 동료들의 성취 상태와 정세다.

과거의 용병단원들은 나와 더 많은 기간을 함께 활동하

고 각종 의뢰를 수행하는 과정에서 얻은 아티팩트나 신성한 힘들을 통해 상승을 경험해 왔다.

하지만 이번 삶에서는 전쟁이 너무 빠르게 터져 버렸고 그 바람에 용병단으로서 보내야 했던 수년의 삶이 통째로 증발해 버렸다.

과거 같았으면 의뢰를 위해 대륙 전역을 누비고 있어야 할 상황이 이제는 군인으로서 전장을 누비는 상황이 된 것이다.

어차피 사적 의뢰 비용보다 더 세게 비용을 쳐주는 황실의 의뢰이니만큼 테노스와 용병단원들은 두 손 두 발 들어 환영할 일이었지만, 내 입장에서는 동료들이 발목을 잡힌 셈이 되어버렸다.

이렇게 되면 드래곤과의 전투에서 내게 힘이 되어줄 수 있는 사람은 아무도 없다. 지금으로서는 테노스도 버겁다.

그래서 나는 계획을 새롭게 세워야 했다.

이제 용병단은 냉정하게 말해서 내게 큰 의미가 없다.

그저 대외적으로 용병단의 마법사라는 껍질만 유지하기 위해서 있는 곳일 뿐, 쓰임새는 그것으로 끝이었다. 아쉽게도 이번 삶에서는 그렇다.

아직까지는 아니겠지만, 곧 제국에서도 내 존재를 인

지하기 시작할 것이다. 9클래스의 마법사가 하나가 아닌 둘이라는 사실을 알게 되면, 세상의 시선이 급변할 것이다.

적당한 시점이 되면, 알려지지 않더라도 내가 직접 알릴 생각이었다. 물론 그러기 위해서는 블랙 드래곤이 모습을 드러내야만 한다.

그래야 내가 나설 명분도 확실해지고. 메디우스를 이용해 스페디스 제국을 비롯한 다수 연합국의 마법사와 기사들을 드래곤과의 전쟁에 투입할 이유가 생기니까.

*   *   *

비전 마법을 통해 보이는 아이거의 집무실은 이제 좀 한가해졌다. 아이거는 아예 집무실 안에 놓인 침대에 누워 잠을 청하고 있었다.

반지 안에 있을 때는 잠이라는 것 자체를 인지하지 못했던 그였지만, 이제 육신을 얻었으니 그에 걸 맞는 생체 리듬을 다시 가지게 될 터다.

아이거는 침대에 눕고 나서 두 번 정도 뒤척이더니, 이내 깊은 잠에 빠져 버렸다.

심지어는 코 고는 소리도 구체를 통해 들려온다.

"하아."

나 역시 차가운 돌바닥이기는 하지만, 평평한 바닥 위에 누워 하늘을 바라보았다. 내가 이 세계에서 오랜 삶을 살면서도 늘 흥미와 호기심을 잃지 않았던 것은 바로 저 밤하늘의 별, 우주였다.

기나긴 삶도 저 우주에 대한 호기심은 단 1g도 걷어내 주지 못했다. 우주왕복선과 같은 현대 문명이 있는 곳이라면 진작 몇 번이고 우주여행을 다녀왔겠지만, 여기는 이제 별을 관찰하고 연구하는 천문학이 막 태동한 곳이었다.

그래서 밤하늘을 보는 일은 내게 유일하게 늘 신기하고 지겹지 않은 일이었다.

오늘 본 밤하늘과 내일 본 밤하늘은 조금씩이라도 차이가 있기 때문이다.

"전면전."

나도 모르게 한 단어가 입을 타고 튀어나왔다.

드래곤과의 전면전.

생각하는 것만으로도 참혹하고 치열한 전쟁.

인간을 초월한 힘을 지닌 이 고귀한 존재와의 대결은 딱 두 가지 상태로 전쟁이 끝난다. 승리와 패배, 생존과 죽음이다.

중간의 타협점 같은 것은 존재하지 않는다.

항상 어리석은 실수를 하고야 마는 인간의 본성은 예전이나 지금이나 변함이 없고 드래곤의 등장에서도 그것은 마찬가지일 것이다.

누군가는 드래곤과의 적극적인 전쟁을 주장할 것이고 누군가는 드래곤에게 굴복하여 평화를 구걸하는 화친을 주장할 것이다.

이 내분이 길어지면, 그만큼 인류 문명의 피해가 기하급수적으로 증가하게 된다.

나는 드래곤들이 조기에 이빨을 드러낼 수 있도록 의도적으로 자극할 수 있는 방법을 고민하고 있었다. 아예 드래곤이 처음부터 완벽하게 적으로서 잔혹한 모습을 보여준다면, 애써 그 앞에다가 목숨을 구걸하자는 멍청한 사람들의 생각조차 씻어내 줄 수 있을 것이기에.

샤아아. 샤아아아아.

"음?"

헌데 바로 그때.

한가로이 누워 지켜보고 있던 정지 화면과도 같은 비전 영상 속에서 연회색의 빛이 한 줄기 생겨나더니, 갑자기 아이거의 집무실 안에 다른 존재가 모습을 드러냈다.

그는 문을 통해서 들어온 부하도 아니었고 아이거도 아

닌 제3의 인물이었다.

"설마……."

설마라고 내뱉었지만, 나는 볼 것도 없이 짐작 가는 인물, 아니 드래곤을 떠올렸다.

블랙 드래곤 라키시스였다.

어깨까지 내려오는 흑발.

붉은 입술.

남자와는 거리가 먼 듯한 긴 손가락과 가녀린 몸.

그것은 라키시스의 전유물이었다.

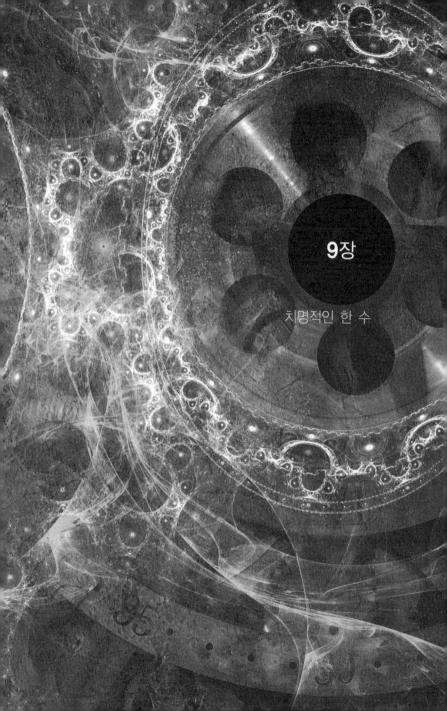

9장

치명적인 한 수

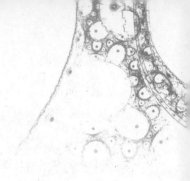

"이렇게 빨리?"

나는 비전 마법이 흔들리지 않도록 상태를 유지한 채 바로 아이거의 집무실로 이동할 수 있도록 초장거리 텔레포트를 전개하기 위한 준비를 했다.

아무리 빠르게 준비한다고 해도 그 정도나 되는 거리를 한 번에 날아가기 위해서는 시간이 필요하다. 그만큼 아이거가 시간을 벌어줘야 하는 것이다.

빨라도 10분.

그 시간 동안은 내가 아무리 애원하고 발광을 해도 소용이 없다.

천천히 마법진이 활성화되는 동안 마나의 힘을 채우고 해당 지점의 안전 여부를 확인하며 수많은 수식의 교차 연산이 이루어져야 하기 때문에 반드시 필요한 절대 시간 이다.

"신성 제국 연합이 자르가드를 노리는 이 시점이 가장 꼭두각시로서 베르가디안을 쓰기에 적합하다고 여긴 건 가?"

나는 그렇게 판단할 수밖에 없었다.

그리고 내가 라키시스였어도 지금이 적기라고 판단했을 것 같았다.

영상 속에서 아이거는 무표정한 얼굴로 침입자의 얼굴을 응시하고 있었다.

보통의 마법사라면 경계를 뚫고 들어온 상대에 대해서 놀랄 법도 하련만, 오히려 아이거는 라키시스를 보면서 음흉한 미소를 짓고 있는 게 아닌가?

마치 기다렸다는 듯이 알 수 없는 미소를 짓는 아이거가 보이고 그런 아이거를 향해 인간의 모습으로 폴리모프한 라키시스가 말문을 열기 시작했다.

"내가 누군지 전혀 궁금해하지도, 두려워하지도 않는 눈 치로군. 이미 네 방 밖의 살아 숨 쉬는 모든 것들을 잠들게 해두었다. 아무리 네가 소리쳐도 널 도와줄 수 있는 자는 없을 것이다."

"이야기하기에는 더 편해졌군요."

아이거는 라키시스의 말을 당돌하게 받았다.

나름대로 아이거가 던진 승부수로 보였다.

여기서 고개를 조아리고 두려움에 찬 목소리로 벌벌 떠는 것은 사실 드래곤의 입장인 라키시스에게는 너무나도 흔한 반응이다.

같은 드래곤이 아니라면, 그를 마주한 모든 생명체들은 두려움에 빠져 어쩔 줄 몰라 했을 테니까.

"내가 누군지 알고 그러느냐?"

"짐작은 하고 있지만, 고귀하신 분이 제게 왜 찾아오셨을까 하는 의문도 있습니다. 그저 저는 일개 흑마법사에 불과할 뿐입니다만……."

직접 느낄 수는 없지만, 등골을 타고 흘러내리는 아이거의 땀이 보이는 것 같다.

제아무리 감정이 무뎌지고 무뎌진 아이거라고 해도, 드래곤을 이렇게 가까이서 보는 것은 처음일 것이다. 대화는 두말할 것도 없고.

당장에 라키시스의 손짓 한 번이면 아이거는 즉사할 수도 있다.

살얼음판을 걷는 기분일 텐데도 불구하고 아이거는 완벽에 가깝게 태연한 표정을 하고 있었다.

"당돌한 인간 마법사로군."

"감사합니다."

아이거의 미소에서는 사악함이 짙게 묻어났다.

저것은 위장이 아닌 정말 아이거만이 보여줄 수 있는 특유의 미소다.

라키시스는 잠시 방 안을 쓱 둘러보더니, 손가락을 튕겨 몇 개의 조명을 껐다.

그러자 금세 방 안이 어두워지고 몇 개의 촛불만이 남았다. 다행히 내게 보이는 시야는 크게 어두워지진 않았다.

"네게 흑마법사의 극의에 이를 수 있는 마족의 힘을 얻게 해주지. 그 대신 내게 충성을 맹세하고 나의 충실한 종이 되어라. 네 선택은 두 가지뿐이다. 받아들이거나, 이 자리에서 죽거나."

라키시스의 말에는 거침이 없었다.

힘을 가진 자가 그렇지 못한 자에게 할 수 있는 위압적인 말이기도 하다.

"받아들이겠습니다. 제게는 그 누구도 무시할 수 없을 강한 힘이 필요합니다. 이 땅, 조국 자르가드를 지키기 위해서라도 꼭 필요합니다. 도와주십시오."

그제야 시종일관 어두운 미소로 일관하던 아이거가 무릎을 꿇고 라키시스의 앞에 고개를 조아렸다.

그 순간, 라키시스의 입가에 조소가 스친다.

인간이란 그렇지. 돈과 명예, 힘 앞에서는 나약한 존재일 뿐. 너 역시 나의 좋은 꼭두각시가 될 것이다.

굳이 라키시스의 속내를 물어보지 않아도, 나는 느낄 수 있다. 라키시스에게 인간은 아주 하찮은 벌레와도 같다.

지금 라키시스가 아이거에게 하고 있는 행동은 마치 우리 인간이 벌레들에게 '너희들이 풍족하게 먹고 살 수 있도록, 내가 먹다 남은 쓰레기들을 좀 나누어 주마' 하는 것과 같았다.

다시 말해서, 동정이나 연민의 감정으로 뭔가를 나누어 줄지언정 보는 시선은 달라지지 않는다는 이야기다.

"제가 무엇을 하면 되겠습니까?"

"네게 힘을 가져다 줄 마족의 힘을 이 자리에 소환할 것이다. 그리고… 네게 그 마족과의 가교를 놓아줄 것이다."

예상한 대로 흘러가고 있었다.

라키시스의 표정에는 한 치의 의심도 없었다.

아무리 라키시스가 드래곤이라고 할지라도, 몇 수 앞을 내다보는 오랜 삶의 지혜를 가지고 있다고 할지라도… 삶을 반복해서 살아온 내 수를 이길 수는 없다.

그것이 내가 가지고 있는 강점이 아니던가.

생각보다 고분고분 자신의 말을 듣는 듯한 베르가디안에 대해 의심을 할지언정, 그 이면에 내가 있을 것이라는 생각은 절대 하고 있지 못할 것이다.

어차피 라키시스의 눈에 아이거(베르가디안)는 손 한 번만 까딱여도 죽일 수 있는 존재다.

그래서 자연스럽게 흘러가는 이 상황도 달리 의심하지 않을 것이다.

혹은 의심을 하더라도, 별문제가 없을 것이라 여길 터다.

"후우."

나는 심호흡을 하며, 더욱 텔레포트 마법진에 정신을 집중했다.

지금부터는 최적의 타이밍, 시간을 맞추는 작업이 필요했다.

예상대로 라키시스는 마족과의 계약을 당근으로 내밀었다.

흑마법사에게 '드래곤이 보증하는' 마족과의 계약은 피

할 수 없는 달콤한 유혹, 마약과도 같았다.

게다가 아이거가 자신의 입으로 말하지 않았던가. 조국을 지키기 위한 힘이 필요하다고.

라키시스의 눈에 베르가디안은 그저 힘을 얻고 싶어하는 충실한 하수인에 불과했다.

그 이상으로 보일 것도 없다.

"……."

아이거가 무릎을 꿇고 침묵에 잠겨 있는 동안, 라키시스는 허공에 계속 손을 휘저으며 무언가를 불러내는 듯한 의식을 진행했다.

아이거의 방 안에 있는 수많은 아티팩트들 때문에 여기저기서 마나의 간섭이 느껴졌을 텐데, 전혀 개의치 않는 모습이었다.

아티팩트로 위장을 해둔 덕분에 비전 마법도 전혀 라키시스에게 들키지 않은 듯했고 나는 방 안에서 돌아가는 상황을 실시간으로 살필 수 있었다.

이윽고 방 안 전체를 감싸는 음침한 기운이 느껴졌다.

그것은 눈에 보여서가 아니라, 자연의 어둠이 가지지 않은 인위적인 어둠의 이질적임이 느껴져서다.

나와 비슷한 느낌을 받았는지, 아이거가 조심스럽게 고개를 살짝 들었다.

"3분."

아직 시간이 더 필요했다.

지금 마족과의 계약이 진행되면, 내가 개입하여 판을 깰 빈틈이 만들어지지 않는다.

그렇게 되면 아이거는 꼼짝 없이 계약을 할 수밖에 없게 되고 그러면 아이거가 원치 않아도 라키시스의 하수인이 될 수밖에 없는 종속이 이루어질 것이다.

"아이거, 아직 좀 더 시간이 필요해!"

들리지 않는 것을 알면서도 소리쳤다.

계속해서 이야기를 했던 부분이니, 아이거가 모를 리는 없다.

나는 계속 영상에 시선을 둔 채, 집중이 흐트러지지 않도록 다시 감정을 다듬었다.

"마지막으로… 제를 올려도 되겠습니까? 좀 더 경건한 마음으로 제게 일어날 변화를 받아들이고 싶습니다. 허락해 주십시오."

"그런 건 필요 없다."

"단 한 톨의 힘도 잃지 않도록 모든 정신을 오롯이 집중하고 싶습니다. 그것이 더 강해지고 싶은 제 열망이자, 뜻이기도 합니다."

아이거는 더욱 고개를 조아렸다.

라키시스의 표정에 변화가 있었지만, 그렇다고 아이거를 죽이려고 하는 것은 아니었다.

드래곤은 감정에 휘둘리는 그런 존재가 아니다. 오히려 무감(無感)의 존재이기에 더 무서운 것이다.

"정말이지 인간들은……."

뒷말을 생략했지만, 허례허식이 싫다는 이야기일 것이다.

쓸모없는 믿음, 미신.

그런 것을 진실인 양, 존재하는 것인 양 떠받드는 인간이 얼마나 하찮아 보일지는 미루어 짐작이 갔다.

라키시스의 동의 아래, 아이거는 마침 방 한편에 있는 작은 제단 양옆에 향초를 피우고는 즉석에서 떠올린 듯한 정체불명의 의식을 치르기 시작했다.

아이거의 말대로 그 동작 하나하나는 매우 경건해 보이고 숙연해 보였다.

심지어 아이거는 그 과정에서 의미를 알 수 없는 눈물 한 방울을 흘리기도 했다.

아이거 덕분에 내게 필요한 시간도 빠르게 줄어갔다.

이내 1분 대로 접어들었고 활성화가 끝난 텔레포트 마법진이 웅웅거리며 특유의 예열음을 내기 시작했다.

이제부터는 도착 지점과 출발 지점을 잇는 마나 게이트

(Mana Gate)가 활성화된다.

1분 동안 출발 지점에 쌓인 엄청난 양의 마나가 도착 지점으로 잇는 통로 전체를 활성화시키며 퍼져 나가고, 이내 도착 지점까지 마나가 닿았을 때 비로소 텔레포트의 시전이 이루어진다.

"……."

영상 속의 라키시스는 경멸 어린 시선으로 아이거의 뒷모습을 노려보고 있었다.

아이거가 조금만 더 시간을 끌어준다면, 그 시선이 조금은 달라질지도 모른다.

나와 아이거가 만들어 낸 '치명적인 한 수'가 라키시스의 죽음으로 이어지지는 않겠지만, 그가 가진 힘의 근원과 그 자체에게 확실한 타격은 줄 수 있었다.

물론 방법이 꼬여 실패하게 되면, 아이거는 그 자리에서 죽는다.

나는 어떻게든 목숨을 걸고 현장을 빠져나와 끝없는 도주를 해야 할 테고 말이다.

부정적인 결과물은 생각하고 싶지 않았다.

긍정적인 결과를 생각하고 머리를 맞대고 고민했고 나와 아이거에게는 확신이라는 공감대가 있었다.

그렇다면 반드시 성공할 것이다.

그러는 사이 30초가 흘러, 남은 시간이 20초 대로 접어들었다.

아이거도 때를 맞추어 조심스럽게 라키시스의 앞으로 다가섰고 라키시스는 앞으로 손을 내밀었다.

저 손을 잡는 순간, 라키시스가 자신과 연계되어 있는 마족의 힘을 그대로 아이거에게 연결시킬 것이다.

그리고 계약의 절차가 진행되고 아이거가 마족에 대한 영원한 충성을 맹세하면 그 힘이 서서히 스며들어 오기 시작할 것이다.

그 과정에서 자연스럽게 라키시스의 제어도 함께 스며들 터다.

나와 아이거가 노리는 것은 바로 이때였다.

손을 맞잡는 순간, 라키시스와 마족은 아이거가 가진 힘의 총량을 완벽하게 인지하게 된다.

그렇게 되면 그 힘을 통제할 수 있을 만큼 정량을 맞춰 계약의 힘을 불어넣게 되고 그 과정이 완료되면 아이거는 그들의 충실한 수족이 된다.

마족은 그런 아이거에게서 사악한 어둠의 기운을 착취할 것이고 라키시스는 자신의 마음대로 조종할 수 있는 흑마법사를 얻게 되는 것이다.

여기서 내가 개입하여 지금의 아이거가 가진 힘의 2배, 그 이상에 해당하는 어둠의 힘을 되돌려 준다면?

이때는 순간적으로 마나의 균형이 모래성처럼 무너지고 만다.

간단히 비유하자면 땅굴을 열심히 파고 천장을 뚫었더니, 호수 한가운데인 것과 비슷한 것이다.

이미 뚫려 버린 통로를 따라 역주행하는 자신들의 힘, 그리고 이질적인 상대의 힘을 막아내는 것은 쉽지 않다.

그것은 눈 깜짝할 사이에 일어나는 일이고 이미 변화를 직감했을 때는 늦는다. 상황 종료인 것이다.

10초.

얼마 남지 않은 시간.

나는 마지막으로 빛의 마나가 가진 모든 힘을 끌어올렸다.

어둠의 마나는 9클래스 그대로, 충만하게 내 몸 속에 남아 있다.

텔레포트가 완료되는 그 순간, 나는 아이거에게 내가 가진 모든 마나의 힘을 불어넣을 것이다.

그러면 고스란히 라키시스에게 충격이 되돌아가게 된다.

맞잡은 아이거와 라키시스의 손.

계약이 진행되기 시작한다.

내용을 알 수 없는 주문이 라키시스의 입에서 흘러나오고 점점 아이거의 팔을 감싸는 마족의 힘이 스멀스멀 모습을 드러내기 시작한다.

3초.

아이거의 전신을 검은빛 오오라가 감싼다.

2초.

아이거의 두 눈이 조금씩 충혈되기 시작한다.

1초.

아이거의 몸 전체에서 지금껏 보이지 않았던 강렬하고도 사악한 어둠의 기운이 뿜어져 나오기 시작한다.

"간다!"

그리고.

파아아앗!

나의 위치도 바뀌었다.

아무도 없는 어두운 동굴 안에서 아이거의 집무실로.

그리고 나의 눈앞에는… 그토록 다시 만날 때를 기다려 왔던 라키시스가 있었다.

*　　　*　　　*

찰나의 순간.

매섭게 차가운 눈빛이 빛나고 있는 아이거와 라키시스를 노려보고 있는 나, 그리고 눈가에 당황한 기색이 묻어나는 라키시스의 모습이 보였다.

"하아아아……."

아이거에게는 이미 마족의 계약으로 인해 전달된 어둠의 힘이 감돌고 있었다.

하지만 아이거의 눈빛은 나를 향해 정확히 고정되어 있었다.

이것은 일종의 신호였다. 힘은 얻었지만, 계약으로 인한 종속 관계는 아니라는 신호.

지금이 과거와 지금, 미래를 통틀어 가장 라키시스와 가까운 곳에서 가장 치명적인 피해를 줄 수 있는 기회다.

나는 미련 없이 아이거의 몸 전체로 내가 가진 어둠의 마나를 전부 불어넣었다.

"……!"

라키시스의 표정이 흙빛으로 변한다.

그리고 가감 없이 내 기운을 그대로 받아들이기 시작하는 아이거의 몸은 뒤에서 나의 힘을 받아들인 뒤, 거침 없이 자신의 양손을 이용해 라키시스에게로 뿜어내기 시작했다.

가장 약한 빈틈을 노린 역공격.

"쿨럭!"

라키시스가 완벽하게 당했다.

계산을 빗나간 거센 반응이 역으로 자신의 몸으로 들어오기 시작하자, 기침을 터뜨리며 검붉은 무언가를 토해냈다. 핏덩이였다.

드래곤은 종종 원활한 움직임과 거대한 본신을 감추기 위해 폴리모프를 시전하곤 하지만, 이 폴리모프의 가장 큰 단점은 그 과정에서 기존의 본신이 가지고 있던 힘의 일부를 억제하고 인간형으로 변형된 몸에 능력을 맞추게 된다는 점이었다.

즉, 100% 힘을 모두 구현해 낼 수 없게 된다는 이야기다.

"꽉 잡아!"

나는 아이거에게 강하게 소리쳤다.

이 정도로 끝낼 생각이었으면 이렇게 치밀하게 계획을 준비하지도 않았을 것이다.

지금 아이거와 라키시스, 그리고 내게는 보이지 않는 마족은 모두 어둠의 힘으로 연결되어 있는 상태. 그렇기 때문에 주도권은 우리에게로 왔다.

나라는 제4의 인물이 개입하지 않았더라면 정확한 계산

에 의해 구속된 아이거의 몸이 라키시스와 마족에 의해 컨트롤되었겠지만, 이제는 반대다.

여기서 억지로 라키시스가 마나의 연결을 끊어내려고 하면, 엄청난 후폭풍이 그대로 자신의 몸으로 되돌아오게 된다.

단순한 마나와 마나의 교환 정도의 문제가 아니었다.

내가 가진 9클래스의 어둠의 마나, 라키시스가 가진 어둠의 힘, 그리고 마족이 가진 특유의 힘이 얽히고설킨 채 만들어진 일종의 거대한 실타래와도 같은 것이었다.

"이놈……."

라키시스의 눈빛이 당장에라도 아이거를 찢어 죽여 버릴 것 같을 것처럼 매섭게 빛났다.

"하아아앗!"

나는 일갈하며 힘을 더욱 불어넣었다.

"쿨럭! 쿨럭! 우욱!"

그러자 라키시스의 입에서 계속해서 검은 피가 쏟아져 나왔다. 내가 힘을 주면 줄수록 라키시스의 내상은 좀 더 깊어질 것이다.

바보가 아닌 이상, 라키시스는 상황이 더 악화되기 전에 손을 뗄 것이다.

피해를 감수하고서라도. 그렇게 해야 더 많은 손실을 입는 것을 피할 수 있기 때문이다.

아이거는 모든 생각과 고민을 버린 듯한 표정으로 내 힘을 가감 없이 받아들이고 있었고 덕분에 아이거의 몸은 '통로'로서의 역할을 확실히 수행했다.

만약 아이거가 내가 가진 힘을 조금이라도 밀어내려 했거나, 약간의 반발만 만들어냈어도 이렇게 순식간에 라키시스에게 역으로 공격을 펼칠 수는 없었을 것이기 때문이다.

"쿨럭! 쿨럭!"

라키시스의 입가는 아예 피로 범벅이 됐다.

드래곤이 인간을 능가하는 강력한 존재이기는 하지만, 그렇다고 해서 인간이 감히 도전조차 못 해볼 상대인 것은 아니었다.

그런 자신감이 나와 아이거에게는 있다. 그리고 보통 드래곤에 대한 인간의 무조건적인 두려움을 예상한 라키시스는 완벽하게 허를 찔렸다.

"크아아아악!"

결국 라키시스가 버티지 못하고 손을 뗐다.

그 순간, 우선 마족은 이제 이 방에서 사라지게 된 셈이다. 커넥션이 사라졌으니, 마족은 더 이상 아무런 영향도 아이거에게 줄 수 없다.

"후후후."

그리고 아이거의 음흉한 웃음소리가 터져 나온다.

나는 그 의미를 알고 있다.

라키시스와 마족이라는 환상의 조합이 지금 한 마법사를 8클래스의 흑마법사에서 9클래스의 흑마법사로 만들어 놓았다는 사실을.

"하아아아……."

아이거가 그대로 라키시스를 향해 흑마법을 전개했다.

마나 번.

아이거의 마나가 빠르게 라키시스의 몸 전체를 감싸기 시작하고 이내 거대한 막이 생겨난다.

"번(Burn)!"

화르르르륵!

연신 기침을 토해내느라 아이거의 마법에 디스펠 마법조차 펼칠 틈이 없었던 라키시스는 그대로 온몸이 불길로 뒤덮였다.

"디멘션 브레이크."

나는 그 틈을 노려, 공간 왜곡 마법을 시전했다.

약간의 딜레이가 있지만, 순간적으로 공간을 비틀어 상대에게 비틀린 공간에 휘말린 자신의 육체만큼 피해를 줄 수 있는 매우 치명적인 공격이었다.

왜냐하면 만약 비틀린 공간에 얼굴이나 팔이 빨려 들어간다손 치면, 왜곡이 끝난 직후에 빨려 들어갔던 신체 부위가 찌그러져 나오게 되기 때문이다.

라키시스와 내가 단 둘이서 맞상대를 하고 있는 현장이었다면 이 마법은 사용하기 껄끄러운 마법이었겠지만, 지금은 아니었다. 어쩌면 라키시스가 지금까지 수백수천 년을 살아오면서 가장 약한 시기일지도 모른다.

"블링… 크아아악!"

라키시스가 연이어 당했다.

온몸이 불길이 된 와중에 블링크를 이용해 디멘션 브레이크를 피하려던 라키시스의 발목이 걸렸다.

공간은 휘어졌고 거기에 휘말려 들어간 것은 라키시스의 오른발이었다.

깨끗하게 공간의 왜곡 속에서 잘려나간 오른발. 방금 전까지 신겨져 있던 신발과 발은 온데간데없고 발목 아래에는 공허한 빈틈만이 남았다.

아이거는 계속해서 마나 번 상태를 유지하기 위해 어둠의 힘을 불어 넣었고 나는 집요하게 디멘션 브레이크를 이용해 라키시스를 괴롭혔다.

여기서 라키시스를 죽일 수는 없다.

폴리모프 상태만 해제하더라도, 빠르게 이 공간을 이탈

하는 것쯤은 어렵지 않기 때문이다.

하지만 라키시스가 어떻게든 버티고 있는 것은 아마도 우리에게 빈틈이 생기길 노린 뒤, 역으로 공략해 들어오려는 속셈 같았다.

하나 안타깝게도 우리는 그 경우의 수까지는 완벽하게 염두하고 있었다.

방금 전까지 귀족가의 자제를 연상케 했던 단정한 복장으로 아이거를 바라보고 있던 라키시스는 온데간데없다.

그리고 지금은 거의 불에 타버린 옷 때문에 나신에 가까운 상태로 비명을 토해내고 있었다.

"크아아아아아악!"

드디어 반응이 왔다.

마나 번이 만들어내는 고통을 버텨낼 재간이 없어진 탓이었다.

여기서 더 큰 전면전을 치를 수도 있다.

하지만 지금 이 상태로도 라키시스는 우리에게 치명적인 약점을 잡힌 상태라 더 큰 고통에 빠지게 될 가능성도 있었다.

나와 아이거는 더욱 거세게 라키시스를 몰아 붙였다.

통제력을 상실하기 시작했는지, 인간화가 된 라키시스의

몸 여기저기서 드래곤의 본모습을 보이기 시작하고 점점 커져 가기 시작했다.

크와아아아아.

콰직! 콰지지직! 빠직! 쨍그랑!

이내 괴성과 함께 일순간에 급성장한 라키시스의 몸이 아이거의 집무실 여기저기를 부수며 뻗어져 나갔다. 고통에서 벗어나기 위한 몸부림이었다.

펄럭! 펄럭! 펄럭!

일순간 하늘로 뛰어오른 라키시스가 남쪽으로 방향을 잡았다.

몸 전체는 여전히 마나 번의 불길로 외피가 녹아내리고 피가 뚝뚝 떨어지고 있었지만 그것은 지금 라키시스에게 중요한 것은 아닌 듯 보였다.

"후우."

"으음."

나와 아이거는 마치 약속이라도 한 것처럼 뜨거운 숨을 토해내며, 황급히 남쪽 멀리 날갯짓을 하며 사라지는 라키시스의 뒷모습을 보았다.

이렇게 된 이상 라키시스에게 있어 자르가드는 더 이상 사용하기 좋은 장기말은 아니게 되었다.

*　　　*　　　*

상황 수습은 신속하게 이루어졌다.

스페디스 제국과의 대립 구도로 짜여져 있는 지금의 현 상태에서, 현장에서 스페디스 제국의 마법사가 나오는 그림이 썩 좋은 것은 아니었으므로… 나는 우선적으로 장소를 이탈하여 아이거와 따로 약속한 장소에서 그를 기다렸다.

그동안 아이거는 사태를 수습하고 긴급히 소집된 군사 회의에서 자초지종을 설명했다. 그리고 상당한 시간이 소요되는 회의 과정을 거친 뒤, 아이거가 나와 약속된 장소로 왔다.

"반응은?"

"불붙은 드래곤의 파닥거림을 본 것이 나뿐만은 아니지. 시가지에 있던 사람들은 전부 드래곤의 모습을 봤어. 몸 전체가 불길로 뒤덮여 있었으니, 무슨 피닉스라도 본 줄 알겠지만… 마법사나 기사들 정도면 알 수 있지. 사람들이 본 것의 실체가 무엇인지를."

"반응이 심각했겠는데."

"심각했지. 처음에는 드래곤의 괜한 심기를 건드린 게 아닌가 하는 의견도 있었지만, 그건 아주 어리석은 생각이지. 내가 블랙 드래곤의 꼭두각시가 되면 자르가드의 존립 자체가 위태로워지니까. 8클래스, 아니, 9클래스의 마법사가 아군이냐 적군이냐는 얘기가 다르지. 자르가드가 신성 제국 연합을 적으로 생각하기는 해도, 그렇다고 해서 적의 적인 드래곤을 아군으로 생각하진 않아."

"그럼 이제 자르가드는 블랙 드래곤을 잠정적인 적으로 규정하게 되는 건가?"

"일단은."

아이거는 내 물음에 일단은 이라는 단서를 달았다.

저 단어의 의미를 나는 알고 있다.

지금 자르가드가 처한 상황이 '드래곤은 우리의 적이다!' 라고 하기에는 좋지 않은 상황이었기에.

이미 신성 제국 연합을 비롯해, 맹주국 스페디스 제국이 자르가드를 이참에 끝을 보려고 전력을 집중시키고 있는 시점에서 자르가드가 마냥 기다리고만 있을 리가 없다.

아무리 아이거가 자르가드 내에서 가장 큰 입지를 가지고 있는 베르가디안의 몸을 장악하고 있다고는 해도, 대세를 마음대로 뒤바꿀 수는 없다.

때문에 자꾸 구석으로 자르가드를 몰아가는 지금의 형세

가 계속된다면, 자르가드의 군부를 비롯해 황제가 직접 나서서 블랙 드래곤에 줄을 대려고 할 가능성도 배제할 수는 없었다.

물론 그렇게 되면 당연히 아이거가 희생양이 된다.

블랙 드래곤을 '감히' 공격한 인간 마법사를 데리고 도움을 요청할 수는 없을 테니까.

이건 자르가드의 입장에서 보면 매우 큰 손실이지만, 정말 궁지에 몰리게 되면 그런 선택을 할 가능성을 배제할 수 없는 것도 사실이다.

일단 선제적으로 라키시스에게 가장 치명적인 한 수를 먹이는 데는 성공했다.

이후 벌어질 상황은 크게 두 가지로 나뉠 것이다.

라키시스가 자신의 뜻에 동조하는 블랙 드래곤 다수를 이끌고 나와 인간들과 대대적인 전쟁을 준비하거나.

혹은 블랙 드래곤 일족이 라키시스의 일을 아주 치욕적인 것으로 여겨 그를 배척하거나 밀리하거나.

후자였으면 좋겠다.

하지만 전자의 가능성이 더 높다.

앞서의 삶에서는 그런 경우가 많았으니까.

전력의 상황을 놓고 보면 신성제국 연합이 8, 자르가드가 2의 전력으로 누가 봐도 자르가드의 열세가 확실한 작금의 상황이다.

하지만 이 뒤에 드래곤이 붙게 되면 이야기는 한순간에 달라진다.

아직 운명의 저울은 양쪽을 들었다가 내렸다 하며, 저울질을 하고 있는 중이다.

그 어떤 것도 지금은 속단할 수 없었다.

10장

일시적인 평화

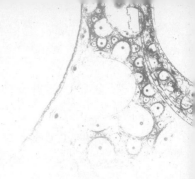

라키시스가 치명적인 일격을 당하고 물러간 이후.

가장 먼저 일어난 큰 변화는 블랙 오크들이 다시 모르고스 산맥을 넘어, 스페디스 제국 남부로 진군하기 시작했다는 소식이었다.

하지만 양상은 다르게 흘러갔다.

과거의 블랙 오크들이 어떻게든 보가트 요새를 뚫고 제국 남부 전체로 진출할 교두보를 마련하려고 했다면, 이번의 블랙 오크들은 의도적으로 우회로를 선택했다.

그리고 보가트 요새 외곽, 그러니까 제국군이 함부로 나올 수 없는 범위 안에 있는 마을들을 완전히 초토화시켰다.

보가트 요새에서 그 거대한 불길이 관측될 정도로 스페디스 제국 남부 외곽 도시들은 전부 불바다가 되었다.

이는 블랙 오크들이 그런 식으로 국경 외곽을 우회하는 형태로 크게 돌면서 다른 방향으로의 진출을 노렸다는 것이다.

바로 제국 서부로의 진출이었다.

상황이 이렇게 되자, 스페디스 제국에는 비상이 떨어졌다.

동부보다도 더 방비가 허술했던 곳이 제국 서부였기 때문이다.

스페디스 제국이 지난 오크와의 전투에서 보가트 요새 수성에 총력을 다한 것은, 이곳만 막으면 남부 지방으로의 진출이 힘들기 때문이다.

동부 쪽은 자르가드와 접경 지대였고 험준한 산맥이 많아 오크들이 공성기들을 가지고 넘기에 적합지 않았다. 그래서 남부 방어에 힘을 썼던 것이다.

서부 쪽을 달리 방비를 하지 않았던 이유는 간단했다.

몇 년 전 창궐하여 이따금씩 서쪽 해안을 휘젓고 다니는 해적 지우드를 제외하면 서부에는 위험 요소가 없었다.

스페디스 제국 서부는 전부 바다와 맞닿아 있고 남부에서 남서부, 남서부에서 서부 전역으로 이어지는 거대한 볼라디스 산맥이 있기 때문이다.

이 볼라디스 산맥은 태고의 흔적을 간직한 곳으로 인간의 손이 닿지 않은 비문명의 공간이었다.

트롤, 오우거, 문명화되지 않은 오크, 고블린, 불곰들이 사는 곳으로 문명과는 전혀 다른 영역이었다.

산맥 자체가 매우 길게 뻗어 있는 데다가 해발이 높고 남서쪽에서 쭉 뻗어져 나가는 산맥은 대륙의 남서쪽에 위치한 죽음의 해협과 맞닿아 있었다.

죽음의 해협은 버뮤다 삼각지대처럼 알 수 없는 이유로 그 해협을 지나는 배들이 사라져서 붙여진 이름인데, 선원들은 그 이유를 바로 볼라디스 산맥에서 찾았다.

어쨌든 워낙에 많은 몬스터들이 살고 있는 태고의 자연이었고 지난 수백 년간 단 한 번도 볼라디스 산맥의 몬스터들이 경계를 넘어 인간들의 세계로 넘어온 적이 없었다.

그렇기 때문에 그야말로 최소한의 주둔 병력만 있는 상태였다.

상대해야 할 적이 인간이 아닌 몬스터들이라 성곽보다는 소규모 요새나 다목적 목책 정도로 방비를 대신했던 것이다.

문제는 블랙 오크들이 겁 없이 볼라디스 산맥을 우회해서 넘기 시작하면서 발생했다.

예상대로라면 그 과정에서 산맥의 몬스터들과 교전이 발생했어야 정상이었다.

하지만 별문제 없이 오크들의 군대가 속속 볼라디스 산맥으로 모습을 감췄고 이내 제국 남서부에서 모습을 드러내기 시작한 것이다.

희생양이 된 것은 볼라디스 산맥에서 가장 가까운 곳에 위치한 펠만 영지다.

아무런 대비도 안 되어 있던 펠만 영지는 영주 펠론 백작을 비롯한 주둔 병력의 9할 이상이 전멸해 버렸다.

이렇게 되면서 자르가드 진공 작전의 핵심 주축이었던 스페디스 제국이 골머리를 앓게 되었다.

자르가드는 제국의 동부에 위치한 국가이고 문제가 생긴 곳은 제국 서부.

속전속결로 자르가드와의 전투를 끝내거나 병력을 나눠야 했는데, 그렇게 되면 자르가드를 공격하는 연합군의 전력이 크게 약화되기 때문이다.

제국 군부는 긴 논의 끝에 최종 결정을 내렸다.

전투 마법사 전력 다수와 일부 기사, 용병단으로 혼합 편성된 토벌군을 블랙 오크들을 상대하러 보내고 나머지 전력은 예정대로 자르가드를 침공하는 일이었다.

메디우스가 전면에 나서서 자르가드 공격 결의를 막아보려 했으나 소용없었다.

그 과정에서 메디우스가 비장의 카드로 9클래스의 대마법사의 존재, 즉 나에 대한 존재를 알렸지만 이미 연합국과의 모든 조율이 끝난 상태였기 때문에 되돌리기엔 늦은 일이 되어버렸다.

어쨌든 우리는 블랙 오크를 상대하게 됐다.

그리고 아이거는 남부를 제외한 전역에서 산맥을 넘어 공격을 전개해 올 신성 제국 연합을 상대해야 하는 처지가 됐다.

*　　　*　　　*

한편 나는 메디우스의 말 덕분에 마법 원로회의 회의에 참석하게 되었다.

제국, 아니 대륙의 9서클 백마법사는 메디우스 하나뿐이라고 생각했던 원로 마법사들에게 새로운 대마법사의 등장은 놀라운 일이었다. 그것도 나이가 20대 중반도 채 되지 않은 젊은 마법사다.

나는 메디우스가 알고 있는 대로, 그대로 내 존재를 알렸다.

마법에 대해서 어느 정도 조예가 있던 상태에서 운이 좋게 영약을 섭취할 수 있었고 그 덕분에 폭발적인 마법적 성장을 경험할 수 있었다는 것을.

그들은 내게 마법에 대한 시연을 요청했고 나는 거리낌 없이 내 힘을 보여주었다.

이제는 내 힘을 숨길 시기는 지났다.

라키시스도 이미 나와는 구면인 사이가 됐다.

라키시스는 완벽하게 세 명의 최대 적수를 인지하고 있을 것이다. 나, 아이거, 그리고 메디우스.

9클래스의 백마법사, 9클래스의 흑마법사, 그리고 9클래스 흑—백마법사.

다만 라키시스는 내게서 느낀 것이 흑마법밖에 없는 만큼, 내 본질에 대한 완벽한 이해까지는 하지 못했을 것이다.

젊은 9클래스 마법사의 등장은 당연히 평범한 일이 아니었다.

자르가드, 블랙 오크와의 전쟁을 준비하는 와중에도 제국 전역에서는 나에 대한 소문으로 들썩였다.

내가 원했던 소란은 아니었지만, 예상하지 못했던 것도

아니었다.

마법부의 심사를 받는 동안에도 소문을 듣고 달려온 마법사들이 나를 지켜보았고 누군가는 감탄을 누군가는 시기 어린 시선을 보내기도 했다.

내가 메디우스의 제자라는 사실을 알고 있는데다가, 내 경지에 대해 다시금 새로이 알게 되면서 주요 관료들의 시선은 크게 달라졌다.

파격적이지만 전투 마법사단에 대한 통제권도 넘겨받았다.

전 마법사단은 아니지만, 내 휘하에 쓸 만한 제국의 마법사들이 붙었고 메디우스에게도 비슷한 규모의 전력이 편성됐다.

나는 상대적으로 나이도 적고 대외적인 활동이 많지 않았기 때문에 휘하의 마법사들과 거리감을 좁히기 위해 지속적으로 대화를 시도했다.

마법에 대한 허심탄회한 대화였는데 처음에는 좋지 않은 시선으로 나를 보던 마법사들도 시간이 흐르면서 시선이 점점 바뀌기 시작했다.

*　　　*　　　*

"그동안 우리한테 계속 숨기고 있었군. 감쪽같이."

"의도했던 건 아닙니다. 언젠간 이야기할 기회가 있을 것이라 생각했는데, 용병단 생활에 푹 빠져 있다 보니 떠나기 싫은 마음에 그렇게 된 걸지도요."

"네게는 더 큰 무대가 필요하지. 대마법사는 하늘이 내리는 선물이라 했다. 우리 제국에게 하늘이 내리신 선물이 너일 거다. 난 그렇게 생각한다."

마법부에서 분주하게 움직이는 동안, 수도로 올라온 테노스 용병단의 동료들이 모두 나를 찾아왔다.

제국 남서부로 진격하도록 예정된 오크 토벌 작전은 용병단도 동원됐기 때문에 자연스럽게 이루어진 합류였다.

동료들은 나를 보면서 하나같이 경외감이 섞인 시선을 보냈다.

나에게는 그다지 대수롭지 않은 일이지만, 동료들 입장에서는 자신의 동료였던 마법사가 갑자기 4클래스가 아닌 9클래스의 마법사라고 하니 받아들이는 것 자체도 쉽지 않았을 터다.

테노스의 말대로 9클래스의 대마법사는 하늘이 내리지 않으면 영원히 못 오르는 경지라는 것이 일반적인 예상이었으니까.

나는 담담히 대화를 받았다.

으스대고 싶지도 않았고 내 특별함을 무기 삼아 상대를 깔보고 싶지도 않았다.

매번 삶을 반복하며 만난 사람들이지만, 그래도 소중한 사람들이다.

다만 이번 생애에서는 테노스 용병단에는 큰 기대를 하기 힘들게 되었다. 그들의 성장보다 변수의 등장이 더 빨랐으니까.

아쉽지만 이들과의 인연은 여기까지다.

냉정하게 내가 구상하고 있는 드래곤과의 전쟁에서는 그저 장기판의 '졸' 역할 이상을 할 수 없는 동료들이기에.

본인들은 훗날 자신들이 상당한 실력을 지닌 용병이 된다는 걸 알고 있지 못하겠지만, 아마 이렇게 시간이 흐르고 또 흐르면 그들에게도 아주 많은 변화가 일어날 것이다.

나는 차례대로 동료들과 인사를 나눴다.

테노스부터 시작해서 에일리, 클락, 세르게이 등등… 소속되어 있던 B급 용병들까지 모두 작별의 인사를 나눴다.

단 한 사람, 크리스티나만 빼고.

크리스티나를 만난 건 출정을 하루 앞둔 전날 밤이었다. 그녀는 내가 임시로 배정받은 저택에 직접 찾아왔다.

이제 나는 테노스 용병단 소속의 전투 마법사가 아닌, 전투 마법사 제2사단을 이끌고 있는 지휘관이었다. 1사단은 메디우스의 것이다.

그러다 보니 자동으로 내 곁에 붙은 경비병과 호위 마법사들도 생겨났지만, 나는 그들에게 미리 일러 크리스티나에 대해 실례를 하는 일이 없도록 주지시켰다.

"왜 얘기 안 했어?"

"때를 놓친 거지. 영원히 얘기를 안 하려던 것은 아니야."

"그럼 이제… 용병단에서 호흡을 맞추던 것도 다시는 없는 일이 되는 거야……?"

"그럴 리가. 단지 지금은 내가 전략적으로 쓰임새가 더 많아 졌기에 조금 바빠질 뿐이야."

나는 크리스티나와 저택 곁 산책로를 따라 걸으며 이야기를 나눴다. 그녀의 눈가에는 나를 만나기 전부터 눈물이 어느 정도 고여 있었다.

수도에 올라오자마자 바로 보지 못하고 어디에 있었냐고 물어보니 내가 그동안 입고 다녔던 로브가 너무 후줄근해 보였다며 새로운 로브를 고르느라 시간이 걸렸다고 했다.

그녀가 건넨 로브는 정말 순백이라 해도 무방할 정도로 새하얀 로브였다. 로브 등 쪽에는 고대 언어들이 금색 실로 수놓아져 있었는데, 뜻을 해석해 보니 '오직 하나'라는 뜻이었다.

왜 그런 뜻으로 새겨 넣었냐고 물어봤더니 자신에게 있어 특별하게 다가왔던 사람은 오직 한 사람, 나밖에 없었기 때문이라고 했다.

그 말은 즉, 그녀가 나를 짝사랑하고 있었다는 이야기였다.

사랑에 무뎌진 나이기는 해도, 사랑이라는 감정과 그 감정이 가진 애틋함을 모르지는 않는다. 게다가 내가 로이니 아를 보면 그 오랜 삶을 살았어도 설레는 것처럼 사랑에 대한 두근거림도 여전히 존재한다.

그런데 크리스티나가 나를 마음에 담고 있다는 생각은 한 번도 한 적이 없었다.

모든 동료들에게 남자 같이 털털하게 다가갔고 내숭 없이 대했으니까.

나에게 뭔가 특별한 모습을 따로 보여준 적이 있는 것도 아니었고 내 곁에 있으려고 눈치 없이 행동하거나 실수를 한 적도 없었다.

그런 그녀가 나를 마음에 담고 있었다고 하니, 그리고 이제 이별하게 되어 그 아픔을 곱씹으며 이런 선물을 마련했다고 하니 더욱 특별하게 느껴졌다.

크리스티나는 정말 좋은 여자다.

그녀는 용병이라는 직업으로 보는 동료로서도 멋지고 프로페셔널한 사람이었고 이성의 관점으로 보는 여자라는 존재로서도 매력적이었다. 그녀가 가진 구릿빛의 피부, 건강미 넘치는 몸매, 뚜렷한 이목구비는 남들이 쉽게 가질 수 있는 것이 아니기에.

그런 그녀에게 작은 희망 고문이라도 하고 싶은 생각은 없었다.

사랑은 남녀의 아름다운 것이기도 하지만, 동시에 더 많이 사랑하는 쪽이 덜 많이 사랑하는 쪽에게 늘 지고 들어갈 수밖에 없는 승패가 뻔히 보이는 힘 싸움이기도 했다.

여기서 나는 그녀의 마음을 받아들이는 척하면서 그녀를 언제든 내 곁에 둘 수 있는 또 다른 연인의 개념으로 둘 수도 있었다.

그리고 상대를 사랑할지도 모른다는 수많은 희망고문을 하며, 계속 괴롭힐 수도 있었다.

하지만 그러고 싶지 않았다. 하물며 이번 삶에서 처음 만난 그녀가 아니던가.

내 생에서도 처음 만난 특별한 그녀를 아프게 만들고 싶지 않았다.

나는 조금은 차갑게, 혹은 냉정하게 선물과 함께 이어진 그녀의 마음을 밀쳐 냈다.

내게 로이니아라는 정인이 있다는 사실도 확실하게 인지시켜 주었고 크리스티나를 좋은 동료로는 생각하지만 이성으론 생각하지 않는다는 말도 함께 들려주었다.

완벽하게 선을 그은 것이다.

혹시나 그녀가 조금이라도 다르게 받아들여 오해할 소지를 줄이기 위해, 나는 크리스티나에게 더 잘 맞고 그녀를 사랑해 줄 수 있는 사람을 만나야 한다고 강조했다.

나는 그런 부분에서 '호감' 조차 전혀 존재하지 않기에 자격 미달이라는 자체 결격 사유 판단까지 곁들여 주었다.

크리스티나는 현명한 여자였다.

그녀는 그 말을 듣고 슬퍼했지만, 그렇다고 해서 매달리거나 마음을 돌려달라는 애타는 간청은 하지 않았다.

오히려 '쿨' 하게 내 말을 받아들이고 솔직하게 얘기해 줘서 고맙다는 말을 덧붙였다.

그렇게 크리스티나와 있었던 작은 해프닝도 끝이 났다.

지금은 필요에 의해 다른 길을 가게 되지만, 이 삶의 끝에서 여유가 주어진다면… 테노스 용병단의 동료들은 내게 가장 소중한 인연들 중 하나가 될 것이다.

설령 그들을 다시 만나지 못하게 된다 하더라도, 잊을 수는 없을 것이다.

그리고 다음 날.

블랙 오크와의 재전투를 위한 진공이 시작됐다.

동시에 스페디스 제국군이 일제히 자르가드를 향한 진공을 시작했다.

나는 목표를 정했다.

다시는 오크가 변수로서도 나타나지 못하도록 이번 전투에서 오크를 씨가 마를 때까지 모두 없애 버리기로.

그렇게 되면 라키시스의 쓸 만한 수족 하나가 잘려 나가는 셈이니까.

동시에 긴장의 끈도 늦추지 않기로 했다.

이제는 확실해졌다.

라키시스는 반드시 나와 메디우스, 아이거를 노릴 것이다.

그렇기에 라키시스에 대한 방비도 확실히 해야만 했다.

블랙 드래곤과의 전쟁은 점점 현실이 되어가고 있다.

나는 지금의 이 상황을 한 번 더 반전시킬 수 있을만한 방법이 없을지 고민하며, 그렇게 제국 남서부의 볼라디스 산맥으로 떠났다.

　가을비가 촉촉하게 내리던 어느 날의 새벽이었다.

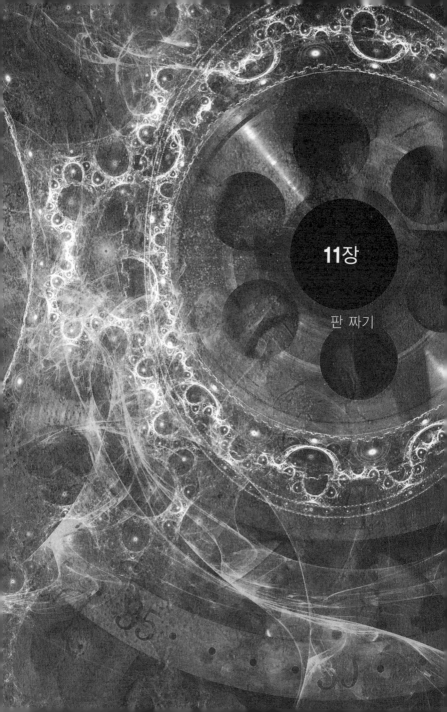

11장

판 짜기

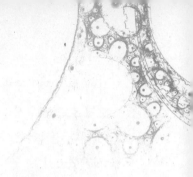

"여기에 방어선을 구축한다. 이 지점이 놈들이 접근하기
에는 가장 좁은 길목이고 우리가 공격하기에는 가장 넓은
지점이지. 오크들의 수가 얼마가 되든, 여기서 화력을 집중
하면 일당백도 가능하다."

"레논 님은 어떻게 하실 생각이십니까?"

"오크들의 진영을 휘저어 놓아야지. 여기가 방어선이라
생각하고 경거망동하지 말고 전원 여기서 오크들의 진출을
막는다. 알겠나?"

"옛!"

블랙 오크들의 공세는 매서웠다.

오크 로드 게우게스가 죽은 이후, 새로이 추대된 오크 로드에 대한 정보를 입수한 나는 왜 블랙 오크들이 다시 진공을 시작했는지 알 수 있었다.

혹시나는 역시나였다. 라키시스는 블랙 오크들의 다양한 무리 중에서 가장 힘 있는 무리의 지도자이자, 가장 자신의 충실한 종이 될 수 있는 차기 오크 로드를 선택했다.

고바라스. 그가 게우게스의 뒤를 이어 오크 로드가 된 존재였다. 내게는 익숙한 이름이다. 블랙 오크족의 2인자로서 과거의 삶에서 몇 번이고 내게 죽임을 당한 적이 있는 오크니까.

빠른 후속 처리로 게우게스의 공백을 신속하게 메운 고바라스는 바로 전열을 재정비한 뒤 스페디스 제국으로 진군했다.

그리고 대담하게 볼라디스 산맥을 우회하는 루트를 선택했다.

아마 그런 대담한 결정의 배경에는 블랙 드래곤이 있었을 터다. 혹은 어느 정도의 힘의 개입이 있었을지도.

블랙 오크들과의 전투는 길게 끌어서 좋을 것이 없다. 하지만 동시에 많은 피해를 입어서 득 될 것이 없었다.

라키시스에게 있어 블랙 오크는 그야말로 장기판의 졸에

불과했다.

　문제는 이 졸에 차나 포, 마나 상이 죽는 일이 있어서는 안 된다는 것이다. 그것이 바로 라키시스가 노리고 있는 그림일 것이기에.

　이제는 본색을 드러낼 때도 되었지만, 라키시스와 블랙 드래곤 일족은 여전히 잠잠했다.

　아이거의 집무실에서 있었던 사건만 제외하면, 라키시스는 여전히 발톱을 숨기고 있었다.

　인간들의 전쟁에는 선전포고 혹은 그 준비 기간으로 인해 적이 하루라도 대비할 수 있는 여유가 생기지만, 드래곤과의 전투는 그렇지 않다.

　지금 당장에라도 수도 한가운데 상공에 드래곤이 나타나 도시 전체를 초토화시킬 수도 있다. 그래서 긴장의 끈을 놓을 수 없기에 내심 드래곤이 등장하길 바라는 것도 사실이었다.

　그때는 자르가드와 신성 제국 연합이 싸울 것도 없이, 모두 일치단결하여 드래곤과 싸우면 되니까.

　내가 이런 생각을 할 수 있다면, 당연히 라키시스도 그 이상의 수는 내다볼 수 있을 터다.

　라키시스는 인간들과 주변 종족들이 서로 얽힌 채로 힘을 빼길 바라고 있다. 그리고 지금의 그림은 라키시스가 원하는 대로 흘러가고 있는 상황이다.

물론 나와 아이거에게 당한 일격으로 인해 본래의 자신이 가지고 있던 힘의 절반 이상도 쓰기 힘들어진 사실 역시 부정할 수 없는 사실이겠지만.

"언제까지 뒤에서 지켜만 보고 있을 거냐, 라키시스."

나는 헤이스트 마법을 이용해 빠르게 블랙 오크들의 진영으로 이동하며 되뇌이듯 말했다. 이런 힘 빼기식 전투는 라키시스의 간교한 전략이다.

화르르르륵.

자연스럽게 만들어낸 헬 파이어의 구체가 손끝에서 매섭게 타올랐다. 그리고 위풍당당하게 진군하고 있는 블랙 오크 군단이 내 눈앞에 자리하고 있다.

크와아앗! 크롸아아앗!

블랙 오크들이 포효하며 나를 향해 살기를 토해내고 있다.

그리고 명령이 떨어지기도 전에 걸쭉한 침을 내뱉으며, 나를 향해 온갖 무기들을 겨냥하고는 달려들기 시작했다.

블랙 오크들에게는 안타까운 일이지만, 아무 의미 없는 몸부림이다. 힘의 차이란 바로 이런 상황에서 극대화된다.

그리고 운명을 결정짓는다. 누군가는 무심히 손을 휘두르기만 하면 되고 누군가는 그 손길에 바로 황천길을 눈앞에 두게 된다.

쿠우우우우— 콰아아앙!

크헤에에에에엑! 끼헤에에에에엑!

블랙 오크의 거대한 군단, 그 무리 한가운데에 떨어진 지옥의 불은 순식간에 원형의 열풍을 사방으로 쏟아내며 근방에 있던 오크들을 흔적도 없이 녹여 버렸다.

그것은 시작에 불과했다.

하늘로 높게 피어오르는 버섯구름을 시작으로, 지옥의 불길이 열풍의 뒤를 이어 빠르게 퍼져 나간다.

고농도로 응축된 마나에 의해 만들어진 이 불길은 그 상태로 물속으로 뛰어들어도 불이 사그라들지 않을 만큼 강력하다.

이 지옥의 불길을 걷어내기 위해서는 많은 수의 마법사들이 수(水) 계열이나 바람 계열의 마법을 지원하여 불길을 걷어내야 하지만, 아쉽게도 오크들에게는 그럴 수 있는 능력이 없다.

"……."

나는 별다른 표정의 변화 없이, 유유히 전장을 이탈해 다음 장소로 이동했다.

여기저기서 블랙 오크들이 고통에 찬 몸부림과 함께 신음을 토해내고 있었지만, 측은하다거나 마음이 아프지는 않았다.

블랙 오크들도 결과적으로는 애꿎은 희생자이기는 하지만, 그렇다고 우리가 희생될 수 있는 것은 아니기에. 어차피 한쪽이 죽어야 한다면, 내 계획에 방해가 되는 존재들이 죽는 것이 맞다.

그러는 사이 협곡 쪽에서는 굉음과 함께 전투 마법사단의 대규모 공격이 시작된 듯한 섬광이 터져 나왔다.

블랙 오크의 기습으로 제국 남서부에 위치한 펠만 영지와 인근의 일곱 영지가 초토화되었지만, 세딜렌 협곡에서 추가 진공을 막음으로써 오크들의 진격로가 막혔다.

그 상태에서 나와 메디우스를 위시한 하이클래스의 마법사들은 블랙 오크들의 대규모 진영을 직접 공격하며, 핵심 세력의 분쇄를 노렸다.

이따금 체계적으로 단체화된 오크 메이지 부대와 맞닥뜨리기도 했지만, 나와 메디우스에게는 애초에 상대가 되지 않는 수준 차이가 있었다.

다만 다른 전투 마법사들은 오크 메이지의 공격에 고전하며 희생되거나, 전략적인 후퇴를 하는 모습도 보였다.

일부 소규모 전투에서는 오크 메이지들이 승리를 거뒀지만, 큰 그림을 보면 대패의 연속이었다. 오크 메이지들의 승리는 그저 다수의 힘으로 밀어붙여 소수의 인간 마법사들을 몰아낸 정도에 불과했고 돌아온 결과물은 참혹한 죽음이었다.

나와 메디우스는 전장을 그야말로 '누비고' 다니며, 오크 메이지들의 목숨을 거뒀다.

선발대가 세딜렌 협곡에서 거센 반발에 부딪혀 진격이 가로막힌 채로 맹공격을 당하고 중군이 별동대로 나온 전투 마법사들에게 쑥대밭이 되면서 블랙 오크들의 전체 대열은 크게 무너졌다.

여기에 시기적절하게 보가트 요새를 출발한 스페디스 제국군이 블랙 오크들의 후위(後衛)를 치면서, 블랙 오크들은 3방향에서 밀려드는 맹렬한 공세를 받아내야 하는 처지가 됐다.

문제는 어느 방향으로의 수비도 용이하지 않다는 것이었고 결국 블랙 오크들은 각지에서 격파당하기 시작했다. 나는 이쯤에서 라키시스는 아니더라도, 그의 측근인 블랙 드래곤이 모습을 드러내지 않을까 했지만.

라키시스는 끝내 자신의 발톱을 드러내지 않았다.

전투 마법사단을 비롯해 제국 남부 방어를 위해 파견된 병력들은 연전연승을 거두며 크게 고무됐고 블랙 오크들의 뒤를 추격해 그대로 모르고스 산맥까지 밀고 들어갔다.

예전에는 추격을 깊게 들어가지 않았지만, 이번에는 아

예 보급대까지 모두 전멸하는 바람에 스페디스 제국 군부에서도 이참에 블랙 오크들에게 본때를 보여줄 것을 지시했다.

새로운 판 짜기.

평소에는 탐탁지 않게 생각했던 스페디스 제국 군부지만, 이번만큼은 나 역시 그들의 결정이 확실한 필요성이 있음을 인지했다.

블랙 오크─자르가드─블랙 드래곤─스페디스 제국으로 이어지는 대립 구도는 자꾸 블랙 드래곤으로 하여금 손대지 않고 코를 풀 수 있을 법하게 만드는 요소를 제공한다.

변수를 걸어낼 필요가 있었다.

블랙 오크가 이 변수의 굴레에서 아예 사라져 버리면, 그다음 변수로 남는 것은 자르가드뿐이다. 하지만 자르가드는 아이거에 의해 흐름이 잡히고 있으니, 이 역시도 변수에서 제외된다.

나는 찰나의 순간에 스쳐 지나가는 이름, 엘프를 생각해 보았지만… 멜디르가 블랙 드래곤의 작은 유혹에 넘어갈 바보 같은 존재는 아닐 것이라 확신했다.

물론 내가 블랙 드래곤에게 연전연패를 거듭하고 내 날개와도 같은 메디우스와 아이거가 죽는다면 그때는 생각이 바뀔지도 모르겠지만. 지금은 여전히 균형의 무게추가 팽

팽한 시기인 것이다.

나와 메디우스는 더욱 속도를 냈다.

뿔뿔이 흩어져 도망가는 오크들을 추격해 제거했고 전투 마법사단을 비롯해 보가트 요새에서 합류한 정규군이 하나가 되어 그대로 모르고스 산맥으로 밀고 들어갔다.

기세 좋게 스페디스 제국을 재침공했던 블랙 오크들의 운명은 불과 며칠 사이에 뒤바뀌었다.

악이 오를 대로 오른 제국군은 산맥 전역에 있던 블랙 오크들을 이 잡듯이 찾아내 제거했고 곳곳의 계곡에서는 오크들의 피가 폭포처럼 콸콸 흘러내렸다.

제국의 전투 마법사단은 바로 고바라스의 주둔지를 찾아냈고 1인자로 등극한 지 얼마 되지 않았던 블랙 드래곤의 꼭두각시 오크 로드 고바라스는 자신의 사령실을 채 벗어나기도 전에 잘 익은 고깃덩이가 되어 즉사했다.

거의 전멸(全滅)에 가까운 블랙 오크들의 피해로 인해, 살아남은 블랙 오크들은 모르고스 산맥을 떠나 뿔뿔이 흩어졌다. 블랙 오크 전체를 지휘할 리더도 무리도 사라진 블랙 오크들에게 정착할 터전은 없었다.

모르고스 산맥보다 더 척박한 곳으로, 제국군에게 쫓기지 않을 외진 곳으로 블랙 오크들은 필사적으로 도망쳤다. 그 와중에도 제국군은 집요하게 뒤를 쫓았고 모르고스 산맥과 그 일대에서는 블랙 오크들의 시체가 썩는 냄새가 사라질 줄을 몰랐다.

*　　　*　　　*

블랙 오크들이 그야말로 몰락의 길을 걷는 사이.

자르가드 외곽 전역에서는 대규모 전투가 계속해서 일어났다. 물이 오른 스페디스 제국의 기세와 관료들의 노림수, 그리고 신성 제국 연합 각각의 이해관계와 속셈이 맞물려 시작된 이 전쟁은 선과 악의 구도라는 아주 오래된 레퍼토리가 명분으로 끼어들었다.

문제는 그렇다면 권선징악의 구도, 그러니까 신성 제국 연합의 완벽한 우세로 전황이 흘러가야 하는데… 상황은 정반대였다는 점이다.

첫 번째 패전 소식은 신성 제국 연합 소속으로 자르가드 북부 전선을 따라 진공했던 가벨라 제국군에게서 전달됐다.

자르가드군의 기만전술에 걸려든 가벨라 제국군은 크론 협곡에서 펼쳐진 전투에서 총 전력의 4할에 달하는 2만 명의 병사가 전사하는 대패를 당했고 그나마 남은 3만 명의 병력 중 절반이 도망가면서 아예 전군 자체가 와해됐다.

자르가드 남서부에서 펼쳐진 스페디스 제국군과의 전투에서만 자르가드군이 패퇴하여 전략적으로 요새를 버리고 후퇴했을 뿐, 북부 전선은 그야말로 이변의 향연이었다.

　그들은 자르가드와 그들의 마법 수장인 베르가디안(아이거)를 얕보았고.

　그 대가를 혹독하게 치렀다.

12장

조금 더 큰 그림

베르가디안이 구축해 놓은 자르가드의 방어 시설들은 그 야말로 비장의 무기였다.

가장 큰 피해자가 된 것은 북부 전선에서 자르가드군과 마주친 연합국 3개국이었다.

일찌감치 자르가드에 심어두었던 첩자들이 가져다 준 정보에도 마나석을 정제하여 만들어낸, 마법 방어 시설에 대한 내용은 없었다. 그만큼 관리가 철저했고 오랜 기간 위장되어 있어 관련자가 아니고서는 알 수가 없었던 것이다.

이것은 아이거가 아닌 베르가디안의 산물이었다. 아이거

는 이를 더욱 효과적으로 활용했을 뿐이었다.

나는 자르가드의 전쟁이 자르가드의 패배가 아닌 휴전 혹은 연합국의 패전으로 끝나길 바랐다.

연합국의 패전이라는 것은 전멸과 같은 큰 피해가 아니라, 사실상의 전쟁 포기와 일맥상통하는 의미이기 때문이다.

아직 블랙 드래곤이 전면에 드러나지 않은 상황에서, 앞으로 닥쳐 올 블랙 드래곤의 이야기를 해봤자 입이 아픈 것은 나다. 그리고 믿어주지도 않을 것이다.

그렇다면 흑과 백으로 나뉘어 대립하는 이 전쟁이 어떤 형태로든 끝나고 평화가 찾아오는 게 나았다. 여기서 제국 연합이 호되게 자르가드의 힘을 깨닫고 나면, 다시는 침공하겠다는 생각은 하지 않게 될 것이다.

국가 간의 전쟁은 그 자체만으로도 국력이 휘청거릴 수도 있는 만큼, 원한다고 해서 함부로 일으킬 수 있는 것이 아니기 때문이다.

만약 아이거가 있는 자르가드가 아닌, 베르가디안의 자르가드였다면 나는 어떻게든 자르가드를 무너뜨리도록 전력을 다했을 것이다.

그때는 자르가드라는 마도국 전체가 블랙 드래곤의 하수인으로 전락할 가능성이 매우 컸기 때문이다.

하지만 아이거라는 좋은 변수가 자르가드를 활용할 더 많은 가능성을 만들어낸 상황에서, 굳이 좋은 패를 뭉개어 없앨 이유가 없었다.

나는 아주 냉정하게 현실을 직시했고 그러기 위해서는 제국 연합은 이겨서는 안 되었다.

북부 전선으로 들어온 3국의 연합군은 사기가 크게 떨어져 패퇴하기 시작했다.

이것이 일반적인 전쟁이었다면 패주(敗走)하는 연합군이 집요한 자르가드군의 추격을 받아 궤멸되었겠지만, 아이거는 그 정도로 충분하다고 판단했는지 뒤를 쫓지는 않았다.

설령 뒤를 쫓는다고 하더라도 연합군이 매복계를 꾸민다거나, 함정을 파놓고 기다리면 되려 전력에 손실이 생길 수 있는 만큼 알아서 몸을 사린 것이다.

북부 전선에서 연합 3국이 패퇴하자, 덩달아 그 영향이 북서쪽으로 진공한 연합 2국에게도 이어졌다.

흉흉한 괴담이 퍼졌고 방어선을 뚫기는커녕 죽음의 광선이 스칠 때마다 가루가 되어 죽어 나간다는 소문이 돌아 사기가 크게 떨어졌다.

초전에서 생각보다 강한 적의 반격에 작전상 후퇴를 한 시점에서 진영 내에 안 좋은 소문들이 돌기 시작하니, 일선의 지휘관들도 대응책을 골몰하느라 시간을 보낼 수밖에 없었다.

아이거는 이들에 대해서는 오히려 빈틈을 노리고 야습을 전개했다.

먼저 자르가드군이 성문을 열고 나오지는 않을 것이라는 예측을 깨고 수성(守成)하던 자르가드군은 연합군의 1/5밖에 되지 않았지만 과감하게 야습을 전개했다.

결과는 참담했다.

설마 하는 생각으로 경계를 삼엄히 하지 않았던 연합군은 아닌 밤중에 나타난 자르가드군에게 무참히 도륙당했고 지휘관들이 조기에 죽임을 당하면서 전열이 완전히 무너졌다.

겨우 휘하의 장수들이 상황을 수습하고 전열을 정비해 후퇴를 명령했을 땐, 기존의 병력 중 절반이 뿔뿔이 흩어지고 난 뒤였다.

그나마 남은 절반도 상태가 성치 못했다.

상황이 이렇게 되면서 7개국의 연합군 중 5개국이 패퇴했다.

그중 한 국가인 스트루만 왕국은 상황을 관망하다가 출정을 취소했다.

이미 승패의 무게추가 기울 대로 기울었다는 사실을 인지한 것이다.

남은 것은 자르가드의 남서부 전선에서 연전연승하며 밀고 들어가고 있는 스페디스 제국군뿐이었다.

하지만 이들마저도 북부와 북서부 전선에서 지원 합류한 증원군의 반격에 맞닥뜨리게 되면서 기세가 크게 꺾였다.

이러한 일련의 상황들은 나와 메디우스를 비롯한 별도의 편성 부대가 블랙 오크들의 본거지인 모르고스 산맥까지 일괄 소탕하는 동안 벌어졌고 우리가 복귀했을 때는 이미 상황이 종료된 후가 되어버렸다.

스페디스 제국의 황제는 전쟁의 판세가 기울었음을 하고 후퇴를 지시했다.

그 대신, 그것이 제국군이 패전해서가 아니라 연합국이 충실히 약속을 수행하지 못하고 고전한 것에서 기인된 것임을 몇 번이고 강조했다.

반은 맞고 반은 틀린 말이었다.

이미 아이거가 9클래스의 흑마법사가 된 마당에 전쟁이 계속됐다면, 양쪽 모두가 불바다가 되었을 것은 자명한 사실. 여기서 전쟁이 끝난 것이 차라리 잘된 일이었다.

제국의 명령으로 나와 메디우스에게 자르가드에 대한 총공세 지시가 떨어지면 그것을 항명할 수는 없고 그러면 마법의 난타전 속에 양쪽 모두 성한 곳이 없게 될 테니까.

어쨌든 황제의 선택은 그것이 자존심을 핑계로 했을지언

정, 옳은 선택이었다.

그리고 때를 맞춰 아이거가 눈치껏 군부와 황실의 반응을 이끌어냈는지, 연합군의 맹주국인 스페디스 제국으로 사절을 보냈다.

그 사절은 다름 아닌 아이거였다.

자르가드의 흑마법사이자 대마법사인 베르가디안이 직접 스페디스 제국을 방문하는 사상 초유의 일이 벌어진 것이다.

그것은 아이거와 나 사이에 이야기되지 않은 아이거의 '승부수'였다.

*   *   *

나와 메디우스는 아이거의 황제 알현(謁見)을 제국의 대마법사이자, 마법부 소속 전투마법사단의 지휘관의 자격으로서 곁에서 지켜볼 수 있었다.

어전에 들어서면서 나와 자연스럽게 눈이 마주친 아이거는 내게 찡긋하는 눈빛으로 신호를 보냈다.

그 어느 누구도 눈치채지 못할 정도로 순식간에 이뤄진 신호 교환이었다.

굳이 말은 하지 않아도 속을 이해할 수는 있다. 자기 나름대로 생각이 있는 것이다. 그리고 그 생각은 나에게 방해가 되거나 문제가 되는 내용은 아닐 것이다.

"허허."

메디우스의 웃음에는 여러 가지 의미가 있는 것 같아 보였다.

돌아가는 상황을 미루어 짐작은 하는 듯하면서도, 결국 아이거의 속내가 무엇인지 궁금해하는 눈치였다.

하지만 이에 대한 것을 따로 들을 새도 없이, 이런 공식적인 자리에서 이야기가 나오게 됐으니 더욱 몸이 달아오르는 모양이었다.

"그대가 베르가디안인가?"

늘 볼 때마다 지나치다 싶을 정도로 복잡한 알현 절차를 거치고 나서 아이거가 고개를 숙이자 황제가 말을 걸었다.

적국, 그것도 전혀 다른 이념을 지닌 국가에서 온 대마법사가 고개를 숙이자. 황제는 자신의 위신을 더욱 높이 만들어야 한다고 생각했는지 턱까지 하늘 높이 치켜들어 가며 내려 깔보듯 아이거를 바라보았다.

"예, 그렇습니다. 폐하. 신, 자르가드의 황제 폐하가 전하신 친서를 가지고 왔습니다. 이는 양국의 지난 오랜 갈등 관계를 봉합하고 새로운 우방으로서 거듭나길 바라는 자르가드의 모든 제국민들과 관료들, 황제 폐하의 성심이 담긴

내용입니다. 부디 현명하게 판단하시어, 이 친서를 받아들
여 주시길 간곡히 요청합니다."

아이거의 말은 대부분이 상투적인 표현투성이였지만, 사
실 국가 간의 대화라는 것은 늘 이렇게 흘러가게 마련이다.

국가 간의 친서나 대화에는 항상 진심이 담긴 허심탄회
한 이야기 보다는 의미를 몇 번이고 곱씹어야 숨은 뜻을 파
악할 수 있는 단어들을 배치시킨다.

"자르가드에 황제가 있던가?"

예상했던 대로 황제는 날카로운 반응을 보였다.

어쨌든 자르가드 쪽에서 먼저 사신이 왔으니, 우위를 점
하고 있다고 판단하고 있는 듯싶었다. 하지만 그것은 착각
이다.

자르가드로서는 수성에 성공했고 연합군을 패퇴시켰으
니 모자랄 것이 없다. 대외적으로도 이번 전쟁은 자르가드
의 뛰어난 전투 능력과 기술을 입증해 준 꼴밖에 되지 않았
기 때문이다.

"예. 스페디스 제국과 같습니다. 황제 폐하가 계시지요."

"하늘이 내린 황제가 아닌 자칭 황제가 아니던가?"

"그렇습니까? 그렇다면 스페디스 제국과 저희 자르가드
의 하늘은 다른 것 같습니다."

"아니, 저놈이!"

"폐하, 저런 놈은 베어버려야 합니다!"

아이거가 비꼬는 듯한 억양이 담긴 언사를 건네자, 주변에 있던 장군들이 일제히 격앙된 목소리를 토해냈다.

"황제 폐하. 그간 양국이 어떤 사이였는지, 어떤 하늘 아래 살고 있는지는 전혀 중요하지 않습니다. 중요한 것은 이 친서에 담긴 자르가드의 진심입니다. 자르가드는 평화를 원하고 있고 그중에 가장 멋진 동반자는 스페디스 제국입니다. 대륙 최고의 맹주국이라 자부할 수 있을 스페디스 제국의 황제 폐하시라면, 넓은 아량으로 은혜를 베푸시는 일은 쉬운 일이 아니겠는지요?"

아이거는 자칫 험악해질 수도 있는 분위기를 빠르게 컨트롤했다. 소위 말하는 병 주고 약 주는 식의 대화다.

앞서의 말은 황제를 불쾌하게 만들었지만, 이어서 덧붙인 말은 칭찬과 미사여구 일색이었다. 제국에 대한 칭찬은, 곧 황제 자신에 대한 칭찬이기도 하기에.

"친서를 가져오라."

아이거가 건넨 장문의 말에 마음이 동했는지, 황제가 손짓으로 친서를 건네 달라는 지시를 내렸다.

그러자 자연스럽게 황제에게 자르가드의 친서가 전해졌고 황제는 한참 동안 그 내용을 대독(代讀)없이 직접 두 눈으로 읽어 내려갔다.

잠시 적막이 흘렀다. 대부분의 관료들은 아이거를 잡아 먹을 듯이 노려보고 있었다.

그것은 오래된 스페디스—자르가드 사이의 반목 관계 때문이기도 했지만, 쪽수로 유리한 상황에서 겁을 줄 심산으로 으스대는 관료들의 치졸한 위협이기도 했다.

나와 메디우스만이 평소와 다를 것 없는 표정으로 아이거를 응시하고 있었는데, 아이거는 차분히 고개를 숙인 채로 황제의 답을 기다리고 있었다.

자르가드에서 먼저 사신을 보냈다는 것부터가 첫 번째 파격이고 아마 저 친서 안에 적힌 내용은 항복은 아니더라도 화친 요청, 그러니까 자르가드에서 반쯤 접어주고 가는 그림을 만들어주는 내용이 담긴 내용일 것이다. 그렇다면 두 번째 파격이다.

물론 파격의 파격에는 반대급부가 있다.

상대국에서도 파격으로 그 답을 해주는 것이다.

황제가 그런 반응을 내놓는다면 그래도 거대한 제국을 통솔한 군주로서의 자질이 있는 것이고 그게 아니라면 얘기는 조금 달라질지도 모른다.

적막은 생각보다 좀 더 길게 흘렀다.

황제는 재상과 신하들의 의견을 묻기보다는 스스로의 생각을 가다듬는 데 더 열중하는 모습이었다.

결국 결정은 황제가 한다.

신하들은 조언을 할 뿐, 그것이 황제의 뜻으로 이어지지는 않는다. 합당하면 이어지겠지만, 그렇지 않으면 황제의 뜻대로 이루어질 뿐이다.

"짐은."

그로부터 5분 정도의 시간이 더 흐른 후.

황제가 운을 뗐다.

그러자 어전 내의 모든 시선이 그에게로 집중됐다.

"자르가드의 친서를 받아들여 화친을 하고 정전협정(停戰協定)을 맺겠다. 그리고 양국 평화 교류의 사절로 본국에서 가장 존경받는 대마법사 메디우스를 대표자로 삼아 보낼 것이다. 그대가 돌아가는 길이 심심치 않도록 할 테니, 돌아가 자르가드의 황제에 짐의 친서와 그 뜻을 전하라."

"예, 폐하!"

아이거가 황제를 향해 큰 절을 올리며, 그의 위신을 한껏 더 북돋워주었다.

내가 그러했고 아이거 역시 허례허식이나 명예보다는 실속을 추구하는 사람이었다. 과정은 중요치 않았다. 결과물로 평화를 이끌어냈다는 것이 중요할 뿐.

다행히도 황제는 파격에 파격으로 답을 했다.

자르가드의 대마법사가 스페디스 제국을 방문한 것이 처음이었듯, 스페디스 제국의 대마법사가 자르가드를 방문하는 것 역시… 유래가 없던 일이었기 때문이다.

*   *   *

그리고 다음 날.

메디우스와 내가 포함 된 대규모 친선 사절단이 자르가드로 출발했다.

파격에 걸맞게 신속하게 이루어진 조치였다.

짧은 시간 격렬하게 일어난 전쟁.

그리고 따뜻한 봄날처럼 찾아온 평화.

그것이 미래에 대한 긍정적인 조짐이 될지, 부정적인 조짐이 될지는 알 수 없었지만.

적어도 이 시점에서 만큼은 최상의 선택지가 나온 것은 부인할 수 없는 사실이었다.

『환생 마법사』 6권에 계속…

초대형 24시 만화방

신간 100%, 샤워실, 흡연실, 수면실(침대석), 커플석, 세탁기 완비

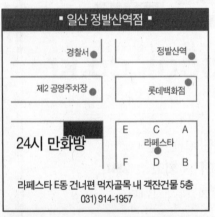

■ 일산 정발산역점 ■

라페스타 T동 건너편 먹자골목 내 객잔건물 5층
031) 914-1957

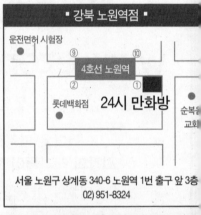

■ 강북 노원역점 ■

서울 노원구 상계동 340-6 노원역 1번 출구 앞 3층
02) 951-8324

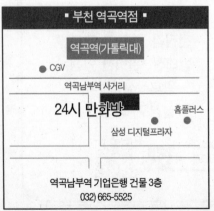

■ 부천 역곡역점 ■

역곡남부역 기업은행 건물 3층
032) 665-5525

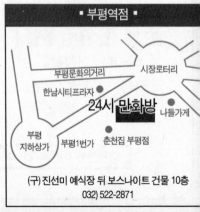

■ 부평역점 ■

(구) 진선미 예식장 뒤 보스나이트 건물 10층
032) 522-2871

멱운 장편 소설

FUSION FANTASTIC STORY

전공
삼국지

2세기 말 중국 대륙.
역사상 가장 치열했던 쟁패(爭覇)의
시기가 열린다!

중국 고대문학을 공부하던 전도형,
술 마시고 일어나니 도겸의 둘째 아들이 되었다?

조조는 아비의 원수를 갚으러 쳐들어오고
유비는 서주를 빼앗으려 기회만 노리는데……

"역시 옛사람들은 순수하다니까.
　유비가 어설픈 연기로도 성공한 데는 다 이유가 있지, 암."

때로는 군자처럼, 때로는 효웅처럼!
도형이 보여주는 난세를 살아가는 법!

Book Publishing CHUNGEORAM

유행이 아닌 자유추구 ~
WWW.chungeoram.com

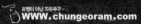

이경영 판타지 장편소설

FANTASY FRONTIER SPIRIT

그라니트

용들의 땅

GRANITE

사고로 위장된 사건에 의해 동료를 모두 잃고 서로를 만나게 된 '치프'와 '데스디아'.
사건의 이면에 상식을 벗어난 음모가 있음을 알게 된 둘은
동료들의 죽음을 가슴에 새긴 채 각자의 고향으로 돌아간다.
2년 후, 뜻하지 않게 다시 만난 두 사람은 동료들의 복수를 위해
개척용역회사 '그라니트 용역'을 설립해 다시금 그 땅을 찾게 되는데……

용들이 지배하는 땅 그라니트!
그곳에서 펼쳐지는 고대로부터 이어지는 운명적 만남,
깊어지는 오해, 그리고 채워지는 상처.

『가즈 나이트』시리즈 이경영 작가의 미래형 판타지 신작!

Book Publishing CHUNGEORAM

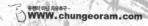

유행이 이닌 자유추구 -
WWW.chungeoram.com